上帝啊！
为了能够默默跟随您所准备和计划的事情，
请允许我拥有健康的双腿吧。

走 路 的 人

河 正 宇

걷는 사람

하정우

走路的人

걷는 사람
하정우
→

[韩] 河正宇（Ha Jung Woo）/ 著

宁萌 / 译

中信出版集团 | 北京

图书在版编目（CIP）数据

走路的人 /（韩）河正宇著；宁萌译 . -- 北京：
中信出版社 , 2022.4
ISBN 978-7-5217-1533-0

Ⅰ . ①走… Ⅱ . ①河… ②宁… Ⅲ . ①随笔 – 作品集
– 韩国 – 现代 Ⅳ . ① I312.665

中国版本图书馆 CIP 数据核字（2020）第 027629 号

走路的人

著者： ［韩］河正宇
译者： 宁萌
出版发行：中信出版集团股份有限公司
（北京市朝阳区惠新东街甲 4 号富盛大厦 2 座　邮编　100029）
承印者： 北京尚唐印刷包装有限公司

开本：880mm×1230mm　1/32　　　印张：9.5　　　字数：139 千字
版次：2022 年 4 月第 1 版　　　　印次：2022 年 4 月第 1 次印刷
京权图字：01–2022–1338　　　　　书号：ISBN 978–7–5217–1533–0
定价：69.00 元

目　录

走在路上的演员：
河正宇

　　我喜欢做这样那样的事。演电影，也亲自制作电影。画画，然后开画展。还有，时隔 7 年又出了新书。

　　如果说起最近被称赞做得好，并且让我自信满满的另一项才能，那就是"起绰号"。马东锡是马东东，金泰梨是"照烧"①，金香起是"紫菜的味道"②……像这样起了各种各样的绰号后，虽然我也得到了"绰号匠人"这样光荣的评价，但粉丝们给我起的绰号却是单纯而强烈的。

----

① 河正宇根据金泰梨韩文名字的发音给其取的绰号与韩语中的"照烧"谐音，但无实际意义。——译者注

② "紫菜的味道"是金香起韩文名字的字面意思。——译者注

"河大头。"

虽然这是因我头的尺寸不一般而得来的绰号，但粉丝们都说好东西要放大了看才对，我的大头似乎还挺受欢迎的。我也很喜欢"河大头"这种特别的绰号。

然而我也有和头一样偏大的身体部位。正是我的双脚。我的脚长300毫米。因为脚本来就大，所以我主要得去梨泰院或国外买适合自己的鞋子，有时候会觉得有点儿不方便，但即便如此，我也还是很喜欢我的"大脚"。有时我的大头会泛起纷乱的思绪和烦恼，在这种思绪开始膨胀，头脑变得更加沉重之前，我的大脚会抢先一步一步地走向这个世界。头大的我连脚也大，这肯定是上天的赐福。

难道真的是从脚的尺码开始就是天生的吗？我喜欢走路，热爱走路。不只是在休息的时候，我在片场也会走一走，早上一睁眼就开始走，和朋友喝杯酒，回去的路也走回家。

人们在谈到移动距离时，往往用"开车会用几分钟，或是几公里"来形容。但不知从何时起，我说移动距离时用到的单位变成了"单程几步"。拍电影《小姐》的时候，电影公司就在合井站和上水站之间，我从江南到麻浦几乎每天都在走路。上班单程16 000步。这种程度是很神清气爽的。

看到我不寻常地走着，热情地传播着通过"行走"学习和感受到的东西，身边的人都戏称我为"教主"。还有对我不太了解的人会这样问："你一定很忙，为什么要步行呢？""你是从什么时候开始这样走的？"

是啊，是从什么时候开始的呢？回首过往，有时也曾觉得我能做的事情就只有走路了。没有能向其展示演技的人，没有能登上的舞台，但我不想封闭内心埋怨这个世界，也不愿意责难机会。无论是在过去任何迷茫的日子，还是在偶尔要减少睡眠、度过繁忙日程的现在，走路都常常是一种保持自我的方法。

这一点我很满意。不管我所处的境况如何，不管我手里拿的是什么，只要我还活着，我就可以走下去。

手腕上戴着测定步数的智能手环"Fitbit"，随着时间流逝，我的步数整齐地堆积起来，我把这当作我人生中最有趣的游戏。我还组建了徒步队，和朋友们一起打赌，助威，不停走下去。我用我的双脚走在我生活的城市里，观察着人们，熟知连接到小区的小巷子，这让我十分乐在其中。

即便如此，我也不会总像外出郊游那般迈着轻快的步伐出门。某天早上，我也想把一整天都就这样埋在被窝里。但是，当我克服了麻烦和懒惰起身走动时，我的双腿就会充满力量，看似遥远而茫然的世界与我的距离一下子就拉近了。

这本书讲述了我作为演员至今走过的路，用我的双腿走过的路，以及我边走边感受到的身心变化。这也是不停地走着，肚子咕咕叫了就找些好吃的来吃，跳上通往世界的道路，深吸一口气，努力寻找本能的自然人河正宇的故事。

我毫无通过这本书来教育他人或是炫耀自己生活方式的想法。每个人的步伐都不同，脚步也不同。即使走同一条路，每个人感受到的温差和痛处也不尽相同。走着走着，我发现这世上是没有错路的，只是有的路走起来缓慢而凶险。

如果我走来的路、我的日常记录能对某人有哪怕一点点的帮助，或能起微乎其微的作用，我也将万分感激。

早上上班时，我走了 15 000 步的里程，常常会想，我这辈子走的路大概是多少步呢？我和你将在这个地球上走多少步呢？

今天也在各自的领域里留下大大小小的足迹坚持了一整天的我们，都是辗转于这颗被叫作地球的星球上的同行者。希望你能带着在假日里和朋友一起散步的悠闲心情来读这本书。

河正宇

2018 年 11 月

这一点我很满意。

不管我所处的境况如何，

不管我手里拿的是什么，

只要我还活着，

我就可以走下去。

每天 3 万步，
偶尔 10 万步

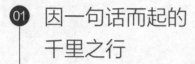

01 因一句话而起的千里之行

577 千米国土大长征结束后
我所学到的

从首尔到海南郡[1]，我整整走了 577 千米，只因那家伙的一句话。

2011 年的那天，我以电影部门"最佳男主角奖"颁奖嘉宾的身份出席百想艺术大赏颁奖典礼。就在 2010年，我曾凭借电影《国家代表》获得了该奖。但不知怎的，那年我凭借《黄海》再次入围了。然而，连续两年获奖

---

① 海南郡为韩国全罗南道南部的一个郡。——译者注

是不可能的事。继前一年之后再次被提名，我认为这仅仅是个人回忆和一件趣事罢了。因此，作为颁奖嘉宾的我以相当轻松的心态走上了舞台。

作为共同颁奖嘉宾的河智苑[1]问我："怎么样？感觉这次也能获奖吗？"我含糊地回答道："这次应该很难吧……"这是真心话。河智苑却想让我对观众们做出承诺，因而她再次说道："即便如此，万一这次也能获奖的话……"结果，我想都没想就对着麦克风做出了如下宣告。

"如果获奖，我就带着奖杯来一次'国土大长征'！"

可……当我打开那张写有获奖者姓名的卡片时，我打了个激灵。那里竟不可思议地写着我的名字。我慌张得开始怀疑是不是节目组在整蛊，但最后我还是用自己的嘴巴这样宣布道："非常感谢。《黄海》，河正宇。"

---

[1] 河智苑，韩国著名女演员，曾在河正宇自导自演的电影《许三观》中出演女一号许玉兰一角。——译者注

　　事情的经过就是这样的。希望那些喜欢断言"世上不会发生这种事"的人，务必把此时的我当作前车之鉴。人类就是此种目光短浅的存在。人，一定要谨言慎行。在由出乎意料获奖带来的喜悦和感激中，我有些恍惚。

　　很快，记者就想起了开奖前我所做出的承诺。在万众瞩目的颁奖典礼上，我为什么偏偏说出了那样荒唐至极的话呢？即便如此，我也应该将我的玩笑变成现实。因为无论如何，约定是一定要遵守的。

　　原本在舞台上西装革履、面带尴尬笑容的我，在不久之后就穿上登山鞋启程了。俗话说，"良言一句，可抵千金债"。古人一言千金，我却一语千里。既然如此，我当然不能独自前往。我想和喜欢的朋友一起热热闹闹地去冒险。包括当时一起出演过电影《爱情小说》的孔晓振在内，我召集了一批喜欢的演员和朋友。我们为了记录下这次"大长征"，甚至还做好了拍摄纪录片的准备。

　　人们常用"千里之行"来形容那些一眼望不到头的

遥远路途。以今天的单位来计算，"千里"大约有392千米。从首尔到我们的目的地海南郡有577千米，我们的"国土大长征"比起"千里之行"有过之而无不及。

从首尔到海南郡，用我的双脚一步一个脚印地走下去，我会看到多少以前不曾看到的风景呢？我体力的极限是多少呢？如果身体素质各异的16位朋友只依靠彼此走在这遥远的路途上，又会发生怎样的故事呢？

我以为经历那段不平凡的时光，会带给我从未有过的感动，并期待着我们跋山涉水来到的目的地是个风景非常美丽又浪漫的地方。

然而……奇怪的是，在庆祝经历了无数风波之后终于完成了"国土大长征"的那天，我只感到无力，甚至是空虚。我只觉得旅途非常劳累罢了。在"国土大长征"期间，我并没有像个机器人似的只知道走路，我还拍摄了纪录片，并好好照顾了那些我召集来的人。为了不让纪录片和我们的行程变得枯燥而漫长，就需要大家不断地提出新想法。而我们就这样每天乱作一团，在不知不觉中就走到了目的地。

但是由我主导开始的这些乱摊子却只让人觉得毫无意义。明明是历尽千辛万苦走过来的……明明纪录片的拍摄也很顺利……为了不让任何一个朋友掉队,明明我也那么努力地照顾了他们……为什么我会觉得如此空虚呢? 我不是应该很有成就感、很开心吗?

在大家为终于结束的"急行军行程"而高兴,纷纷开始为了举办庆功宴制作烤肉而喧闹沸腾时,我却无论如何都不想再留在这里了。但我如果这样做,就只会白白地破坏朋友们兴奋喜悦的氛围。我依然觉得非常疲惫,只想赶紧回家。在感叹着"我们终于做到了"这样充满喜悦和能量的庆功宴现场,只有我像幽灵一般远离了人群。庆功宴上,我渐渐变得垂头丧气,最终还是当场就逃了出来,独自回家了。

之后的几天,我都像生病了似的在家睡觉,也不出门,就像婴儿一样蜷缩着,一直睡觉。但奇怪的是,半梦半醒之间,路上发生的事总会重现在我眼前。我走过的路、同伴们的神情都一一浮现。

在徒步了一整日的某天,清爽的晨间空气、照在我背部的温暖阳光，以及行走后的心情和感受都历历在目。随着时间的推移，那些记忆不但没有变得模糊不清，反而像要涌出来似的，拼命扑向我。虽然这一路上什么都没有发生，但我们在路上积累的回忆和瞬间，全都附着在我的身上和心里，甚至还渗透了我的日常生活。

在这之后，虽然也只是偶尔，但在外面人们见了我会这么说："咦？你最近有什么高兴的事儿吗？你的表情变明朗了很多啊！""你好像变了。""你变得更有活力了！"当你不断听到这样的话之后，你就会认为这是真的。于是我观察着镜子中的自己，在那里，站着一个与从前相比显得无比健康的我。这种健康明朗的精神头儿在"国土大长征"结束之后持续了数月有余。

我这才恍然大悟。在路的尽头感到空虚也许是理所当然的。行走赐予我的礼物，并不是在结束那一刻突然送给我的什么稀世之宝，而是在我的身上和心里印刻的像文身一样的东西，它最终散落在从首尔到海南郡的路上。我喜欢路上的每一个瞬间。在那条路上，我时常露出笑容。

我依然会与当时一起行走过的那些人见面聊天，分

享彼此的故事。有人会笑着问，《577 计划》[①]的第二部
什么时候开拍。我们谈论的故事大抵都是关于路上的那
些瞬间。

人们都是怀着某种期待和梦想去挥洒人生的。以后
境况会有所好转吧……岁月流逝，一切都会变好吧……
能在此刻坚持住的话，会成为比现在更好的自己吧……
虽然小的时候这种希望和梦想在生命中所占的比重很大，
但随着年龄的增长，它们变得越来越渺小，甚至在某一瞬
间，人们还懊悔地认为这些想法都是徒劳，并开始放弃。

随着时间的推移，我不会再在路的尽头感受到巨大
的虚无，而是开始回味路上的自己。那时的我为什么没
能一天比一天更快乐地去行走呢？为什么在那一去不复返
的宝贵时光里，我没能更多地去和人们肆意说笑、喧闹、

---

① 电影《577 计划》，又名《国土大长征》，是河正宇为履行诺言而
打造的"真人秀纪录片"，记录了其与合作过《爱情小说》的搭档
孔晓振，以及另外 14 名极具个性的韩国电影人一起开始的徒步长
征之旅。——译者注

我喜欢路上的每一个瞬间。
在那条路上，
我时常露出笑容。

快乐地享受呢？反正走到尽头，最终就什么都没有了。

我的生活也像"国土大长征"一样，走到尽头时终将是什么都没有的。如果说人生的尽头是被冠以"死亡"之名的、任何人都无法逃避的"无"，那我们所能做的就是每天都努力和喜欢的人一起尽情说笑、快乐生活。

许多人都期待在路的尽头会有什么了不起的东西，我也曾是如此。但犹如玩笑般开始的"国土大长征"却彻底改变了我对行走的看法。我们在路的尽头发现的并不是什么伟大的东西。我身上的汗臭味、汗涔涔的身旁人的体味、喧嚣声、灰尘和疲劳、伤口和疼痛……反而是令人感觉疲惫、无聊和痛苦的。但这些不起眼的瞬间和记忆，最终会成就我们。

因一句话而起的千里大长征结束后，我竟然如此空虚。但没关系，因为我又不是为了在路的尽头抓住什么了不起的东西才去行走的。现在，我依然在收集着路上点点滴滴的趣事和回忆，一步步地走下去。我还想和更多人分享我所了解到的这个渺小而又惊人的秘密。

路的尽头什么都没有。

但在路上遇见的不起眼的瞬间和记忆，

最终会成就我们。

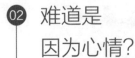

02 难道是
因为心情？

有这种想法时
就走起来

"我今天心情真不怎么样，没什么事的话就下次再
说吧。"

有时我会平白无故变得很敏感，语言变得尖锐，行
为也变得极端起来。这时我会很拧巴，对周围的人也不
好，这大概都是"心情"的缘故。但我自己却几乎没能
认识到并表达出这一点。所谓的一切都是"因为心情"，
其实只有那些被我的心情"折磨过的"人才知道。

心情是极其有力的，谁都容易被情绪左右——有时
会因为瞬间的心情而做出错误的判断；有时会无意地伤

害某人；还有时只不过是因为心情，就将许多需要处理
的事情搁置而不着手去办，就这么无精打采地度过一天。
经验告诉我们，这种不愉快的情绪绝不会持续太久，但
我还是被当下的心情支配。其实，心情对人生有着举足
轻重的影响。如果能改变眼下的心情，或许也能改变世界。

啊，心情。仔细想想，这是个使我们缘起缘灭，左
右着人生中极重要之事的结果和方向的有问题的家伙。
难道就没有能够好好安抚这个叫作"心情"的东西，使
我们的日常生活保持安然无恙的方法吗？

每个人转换心情的方法都不同。有的人会找心境平
和的人聊聊天，有的人则比平时多吃点儿东西或喝点儿
酒。然而有些方法确实有立竿见影的效果，但也有副作用。
比如从长远的角度来看这是有害健康的；这虽然改善了
自己的心情，但也会给别人添麻烦，使对方的心情大受
影响；等等。

这种时候，我就会选择没有副作用的行走法。下雨
我就打伞，冷了我就穿外套，一有情绪问题我就出去简
单地走一走。对谁来说都没有毫无问题的一天，也没有

毫无烦恼的一天。一旦烦恼从我的脑海中悄悄爬出来，爬到肩膀上开始压迫我，我就一边想着"啊，不管了，先出去走走，回来再考虑吧"，一边开始往外走。

有时我会边走边思考。神奇的是，在行走的过程中，我总感觉烦恼似乎变轻了些。最重要的是，在行走完回家的路上，我的肚子实在是太饿了。活动活动身体，饥饿就会悄无声息地占据烦恼和痛苦消除后留下的位置。我只会一门心思地去想："走完吃点儿什么好呢？"早上吃剩的食物还在冰箱里，是加点儿什么配上啤酒一起吃，还是从超市买菜回去呢？要不今天就特别点儿，去水产市场买点儿现切的生鱼片？我走完总会去认真琢磨要吃的菜单。

那到家之后呢？我会按照我苦心挑选出的今日菜单精心准备饭食，然后开始吃饭。我吃着吃着，心里猛然一惊："我还是刚才那个处于苦恼之中的人吗？食物怎么会这么美味？"吃完饭后，我会休息一下再去洗澡。迎着水流，我忽而又想到："苦恼，对，白天是曾苦恼来着。但是洗了澡不觉得很神清气爽吗？"即使我努力想延续之前的苦恼，我的心情模式也已经发生了变化。

临睡前我躺在床上，回想着刚才有什么烦恼，但我已经记不清了。当然，烦恼的主题依然很明确，却不再像白天那样让我感觉重大和困难了。明明那种感觉很严重，但现在回想起来，它似乎并不是什么巨大的危机。想着这些，我很快就酣然入梦。简单来说，人类的睡眠质量似乎会随着身体活动量的加大而提高。睡觉前不知怎的，我有点儿想笑。通常来说，人们一有烦恼就会睡不着觉，翻来覆去，神经敏感又高度紧张，不是吗？但今天，我好像睡得很香……

苦闷烦恼、心情不好的日子已经过去了，转眼已是清晨。睡一觉起来后呢？真的没什么大不了的了。我明确地意识到，昨天的苦恼并不是什么了不起的大问题。我可以称之为"行走的蝴蝶效应"吗？我只是出去走走，就发生了如此巨大的变化。我终于明白，被情绪压抑、把问题放大和让我烦恼的归根结底还是我自己。

如果你被坏心情困扰，感觉现在什么事都做不下去，那就出去慢慢走一走吧。与其百般思索，徒增烦恼的重量,增加不良情绪的密度,还不如直接出去走上半个小时。这样的话,你能微妙地感觉到心情模式在慢慢改变。

我不会被我的心情打败。我相信我可以控制自己的心情,我发誓不会因我的心情而让某人感到疲惫。行走,是我对自己和他人的承诺。

我走路回来后立马就睡着了。
没有失眠，
没有整晚的忧郁，
我在任何地方都能酣然入梦的秘诀当然就是行走。

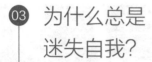

03　为什么总是
　　迷失自我?

应该按自己的节奏
和步调走下去时

2015 年，我自导自演的电影《许三观》上映时，我正在拍摄《暗杀》中的主要场面。《许三观》的票房出乎意料地失利。我急急忙忙地开始寻找原因并责怪自己，睁眼一看，《暗杀》的拍摄时间又到了。

我连去拍摄现场都觉得很累，因为人们一定会安慰我。有的人会装作什么事都没发生，平静地拍拍我；还有人会察觉出我的忧心如焚，小心翼翼地说点儿什么。因为所有人都完完全全地感觉到了我的情绪，所以我更加觉得不舒服。

　　我像是突然变成了傻瓜。我不知道在人们面前应该做出怎样的表情，也不知道应该如何倾诉我痛苦的心情，更不知道应该如何去接受人们的安慰。那个原本在拍摄现场愉快地开着玩笑，逗得人们哈哈大笑的河正宇消失了，只剩下一个不管做什么都很难与人相处的阴郁的男人。

　　早晨在去拍摄现场的路上，我祈祷了一个小时——拜托只要让我演好我所要演的角色就行。

　　就这样经过一番苦战，《暗杀》的拍摄勉强算是结束了，第二天我去牙科拔掉了一颗智齿。我乘坐晚班机飞往洛杉矶，计划一个月后在洛杉矶举办个人画展。

　　抵达洛杉矶后下榻酒店的第一天，可能是时差的缘故，我在凌晨就自动醒了。难道是我太劳累了吗？免疫力下降的话，有时会有微妙的恐惧感和寒意向我袭来。不安症状出现后，恶寒和疼痛也随之而来。为了从冰箱里拿水喝，我准备起身走去厨房，但在站起来的瞬间膝盖打弯了。我就这样瘫坐在地上好一会儿。

　　"现在……该怎么办？"

　　在举办个人画展之前，我曾承诺要完成一定数量的作品。画展开幕的日子渐渐临近，但画的数量还远远不够。距离开幕还有一个月。就在我马不停蹄地作画之时，突然有这种想法在我脑中闪过。

"我为什么会在这儿？"

"这些要怎么画啊？"

"画不出来的话该怎么办？"

我顿感害怕：对我所承诺过的一切，对我所必须完成的一切。

但无论如何我都想画完，因此一个月之内我还是用意志力争分夺秒地画出来了。我完全不出门，大概连续画了 20 幅作品。那是一段每天少则 13 个小时多则 15 个小时疯狂沉迷于作画的时光。但仔细想想，我好像又不是在画画。我可能只是被恐惧震慑到，才去复制了许多个"我"。回过神来我才发现，我的体重涨了 15 千克。

画展开幕了。虽然有些惊险，但很幸运的是，我还是按时完成了约定好的作品数量。展出期间，我还接待了著名的美术评论家。但是，那位在画廊里礼节性地称赞了我的画，还主要提及了我的绘画优点的美术评论家私下里却小心翼翼地向我走来。

他这样说道："你为什么只对设计如此重视呢？"

在画展的一角，我常常摆上一幅简单的素描，在宽敞的空间里则展示着一些完成度很高的作品。他问我，"为什么不能像画角落里的那幅素描一样自由地画出来，而是只专注于设计要素"。

对我而言，这句话就如同在问我为什么总是看着别人的眼色过活一样。

不仅仅是对画而言。对于电影，对于导演，对于演技，对于生活，那时我不断地这样反问自己："为什么我总是会迷失自我？"

在近一年半的时间里，我真的很忙碌地、很努力地去生活。在忙于《许三观》的拍摄、后期制作及上映的同时，我还进行了《暗杀》的拍摄，结束拍摄后的一个月内，我又尽全力准备了画展。但如此费力的结果竟然只是这样的。

"我只是个看着别人的眼色过活的人。"

那位评论家的话深深地刺痛了我，也让我为之一震。但与此同时，他的话却也让我醍醐灌顶。

我就像是个蹒跚学步的孩子，从头开始一个问题一个问题地重新思考。

"我一开始是怎么画的来着？"

"我真正想做的是什么？"

"我为什么要画画？"

幸运的是，2015 年 6 月，我会在纽约再次举办画展。这次不管是否能够得到人们的回应，我都决定不去在意这些，只专心作画。

我会一幅一幅地只按照我自己的想法去画，然后将画寄往纽约。

结果呢？

虽然我想着，如果这场画展能像感人肺腑的励志小说那样，或是像结局反转的电视剧那样大获好评，得到观众们的热烈反响就好了……结果，只卖了一幅画。但奇怪的是，我的心情却很好。

"没错，我原本就是这么画画的人。"

我不禁笑了。

其实，早在准备这些要送往纽约展览的画时，我就猜到了结局。我有预感，这些画谁都不会太喜欢，我认为它们不会很畅销。在此期间，人们总说看到我的人物画会感到害怕。画卖不卖得出去对我来说并不是会起决定性作用的重要之事，但对选择并愿意展出我画作的画廊来说，这是件非常重要的事情。我也想过，如果对愿意相信我画作的画廊负责人来说，它们也是会有帮助的作品就好了。明朗地、充满才气地去画怎么样！

之后，以那位美术评论家让人充满感激的指责为契机，我下定决心，"哈，我就是要想怎么画就怎么画"。当然，我在纽约拿到的成绩单很惨淡——仅卖出一幅画。（而且纽约画廊一直都没有联系我……）但是，这件事对我来说显然成了一个决定性的转折点。此后，我决定不再被任何东西左右，而是按照自己的想法去描绘画，还有我的人生。

现在也是这样，比起拿出十幅差不多的画作，完成一幅与我相像的画时，我的心情更好。

我一度有种失去了激情的感觉。我需要整理自己的时间。

我要去选择自己要走的路，了解自己的步伐，不勉强，按自己的节奏走下去。在行走中我无法忘记的是，这种奇妙之感竟与人生如此相似。

我决定不再被任何东西左右，而是按照自己的想法去描绘画，还有我的人生。

我最近在夏威夷画的画。

现在也是这样，比起拿出十幅差不多的画作，

完成一幅与我相像的画时，我的心情更好。

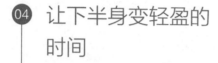

04 让下半身变轻盈的时间

从汉江到金浦国际机场，
我的步行减肥法

听到整日伏案工作的人说"有时候，我只能感觉到身上的头和手……"时，我被吓了一跳。这恐怕是存在于许多上班族人士之间的共识。世界催促着我们依靠车轮而不是双腿来快速移动，头和手也要更快地运转和行动，以便提高生产效率。在这种情况下，伸出我的双腿慢慢向前迈出一步，能将曾被我遗忘的身体感觉唤醒。

我喜欢走路时从脚掌传到大腿的地面那坚硬的质感，这让我觉得我不是被外界的力量推着走，而是像扎根在土地上一样铿锵有力地走。

但如果体重超过我双腿所能负荷的重量，走路时我的膝盖和脚腕就很快会感到疲劳。我在不拍戏时体重也会略有增加。其实不一定非要特意去量体重，走起路来我便会感知到我的体重：因为我的腿会发沉，呼吸会变得更加急促。据说，身体肥胖时如果走太多路，脚腕、膝盖、盆骨、腰等部位都会依次感到疼痛，最后导致胳膊发麻、手脚浮肿。很多人会在这个阶段选择放弃，停止行走，但其实越这样就越应该走下去。坚持走下去的话，这些疼痛就会逐渐缓解，人也会开始瘦下来，之后下半身变得非常"轻盈"的瞬间就到来了。

如果走路时我几乎没有负重的感觉，非常轻松，这时的体重就是我应该保持住的最佳体重。

走路可以保持身体状态的平衡。每天走1万步，饮食上再稍做调整，一个月后你就会瘦很多。之后继续调整饮食，第二个月开始从1万步逐渐增加到1.5万步。不用艰难地去控制饮食，也不用整天只埋头于运动，这种方法可以让你在体重迅速下降的同时还能深切感受到减肥的乐趣。

在拍戏前需要进行"快速减重"的时候，我会定好几种"禁止食物"——汉堡包、碳酸饮料、糖和盐放得过多的食物，然后照常吃饭走路。只要把这些食物从食谱中去掉，我就能信心满满地保证，坚持走下去就一定会瘦。

在拍摄电影《隧道》时，我迎来了需要在短时间内快速减重的时候。被困在坍塌隧道内的主人公正洙在拼命挣扎，但救援情况却没有任何进展，时间转眼就跳到了3周以后。

原本那个3周后的场面是要在拍摄中间留出2周的时间待我进行彻底的减重后再进行拍摄的。但考虑到拍摄日程，剧组不得已只给了我5天的时间。在5天之内，我要快速减肥，变身为吃不上饭、不见天日、瘦骨嶙峋的样子。可这是在首尔，况且又是在1月初，有什么办法能够让我在5天之内唰的一下就瘦下来呢？

真是郁闷，别无他路可走了。首先，我决定先去温暖的南方岛屿——济州岛漫无目的地随便走走。

开始减肥的第一天，我早上7点从家里出发，向金

浦国际机场走去。为了坐飞机而步行好几个小时，你可能觉得这太稀奇了。但那时的我可是在跟减肥孤军奋战中，为了尽可能地运动，我得将每分每秒都花在这上面。我勤快地步行到达金浦国际机场时，时间是下午3点，我立马乘坐下午3点半的飞机飞往济州岛。到达住所后，我放下行李就出来在附近的偶来小路上走了4个小时。所有时间都被行走于首尔和济州岛的日程填满，我感觉烦躁的心情也平静了下来，突然有了一种这很值得一试的自信感。

第二天，我凌晨4点就起床了，简单地吃过早餐就出去爬汉拿山。我爬到顶峰又走下来，回到住处后用了大概30分钟来恢复体温。之后我又出去走了6个小时，回来后昏昏沉沉地就睡着了。

第三天，我早上6点起床吃早饭，7点出发，一直走到晚上11点才回来。

在济州岛五天四夜的行程就这样变得越来越短，内容也越来越简明。随着日程的简单化，我的身体也变得更加轻盈了，回到首尔时，体重减少了4千克。比数值更有效的是，经过风吹日晒，像有故事的流浪汉一样整日行走过后，我的面容变得极其黝黑瘦削。我想，以这种程度来讲，这个时候的我足以成为影片中正洙3周后的样子了。

在我所认识的电影制片人中，有一位体重超过100千克的老兄。他工作忙，所以开车出门是家常便饭。有时即使不凑巧，他也会一直在出租车里打电话、处理积压的文件。比起双腿，用车轮移动顺理成章地成为他的生活方式。但健康也像工作一样重要，所以我坚持要他跟我一起行走。

某天，他破天荒地终于愿意抽时间和我并肩在小路上散步，但他却在中途放弃了。走着走着，他停下来叫了辆出租车回家了。并不是他没有意志力，对体重过重的人来说，走路也是一种让人力不从心的活动。

虽然那天他选择了放弃，但我并没有放弃，而是坚持不懈地告诉他行走的好处。他也慢慢地听取了我的建议，还告诉我他每天都在一点点地走，一点点地进步。

结果，现在他甚至说，他因为走路减肥而改变了自己的人生。首先，他的确瘦了很多，连我看着都觉得他现在的脸变得清秀了。他长年以 100 多千克重的身躯生活，现在突然瘦了 20 多千克。衣服变得更合身了，与人见面时他也自信满满的，连他的电影工作都变得更顺利了。

虽然他比开始行走前更忙了，但现在已经是他坚持行走的第三年了。

事实上，对超重的人、新手或忙碌的上班族来说，可能连走 1 万步都觉得多。每天走 1 万步只是美国心脏协会为了让大众预防心脏疾病而建议的数值，但那也许并不是最适合我的步数。最初从 5 000 步开始，与其制定不合理的目标后马上放弃，倒不如轻松完成自己理想中的目标，感受徒步的快乐。

即使小区里无处可走，也还有胡同和人行道。现在就去离你最近的路上慢慢走走，无须不合理地绝食和节食，只用给我们的身体带来小小的变化，这就是我所建议的步行减肥法的开始。

05 我人生最后的
六天四夜

步行者的天堂——
夏威夷

　　我第一次去夏威夷是在《577计划》结束后、《柏林》开拍前的间隙。在没有过多的期待、短暂停留后就仓促离开的夏威夷，我看到了对我人生产生了决定性影响的新世界。

　　在去夏威夷之前，我不知道在被什么追赶着，也不知道悠然享受人生和"休息"的方法到底是什么。我只是觉得需要一个让心灵安身的地方而到处旅行，但似乎在旅途中我又没有好好地去休息，而是急于在我去过的地方留下痕迹：吃过什么，去过哪里，把差不多的地方

就这样，我迷上了夏威夷。

我感觉我发现了自己长久以来都在徘徊寻找的安身之处。

在神秘的菩提树下。

都走一遍，为了得到确认而去旅行。如此一来，我即使
到了大家都很喜欢的地方，和朋友们喝上一杯酒，也会
觉得"嗯，玩得还不错。但是我想快点儿回家……"，
我只能暗自神伤。

    但是夏威夷却不同。第一天到达后，我睡一觉起来
就去看日出了。也没什么新奇的，周边的风景也并非什

去夏威夷能让我感受到自己是属于大自然的。

么令人惊叹的绝景。但是，看着太阳慢慢升起，我站在
那没什么特别的自然风景当中，舒服得让人难以置信。
太阳温暖着我的背，空气仿佛在刺穿我那堵死的穴位。
夏威夷的土地使我双腿的重心更加稳固，让我全身心地
感受到自己是活着的生命体。"原来是这儿啊。"我在
心中喃喃自语。我感觉我发现了自己长久以来都在徘徊

寻找的安身之处。就这样，我迷上了夏威夷。

去夏威夷能让我感觉到自己是属于大自然的。我能感受到一种安全感，我是这个地球和这片土地的一部分。夏威夷的自然风光有股特别的力量，即使什么都不做，它也依然能够安慰人。只要看着随天气时刻变幻的天空，时间很快就会过去，人的心情也会变得舒畅。

在首尔，望向窗外时，我偶尔会觉得这世界显得那么遥远。这或许是因为我的职业是演员，又或许是因为我无法在首尔自由自在地享受生活，无法在大都市里任意穿梭，也不能安心地休息。但在夏威夷的大自然中，我感受到了远离尘嚣的静谧，我能确认自己还活着的事实。

有一次，为了讨论下一部作品《绝地隧战》，与我合作过《恐怖直播》的金秉宇导演和负责摄像的金丙书导演一起去夏威夷和我进行了为期4天的旅行。我赶着他们所搭乘航班的降落时间去机场接机，并没有特别在意着装或是精心准备好再出门。金秉宇导演后来这样说：我穿着短裤和拖鞋从远处走过来，看上去十分自在。他好像从来没见过我穿得那么舒服走来走去的样子。

　　他说，以前当我告诉他我迷上了夏威夷时，他只是觉得我把夏威夷当作一个很棒的旅行地点而乐在其中罢了，并不明白我为何会如此喜欢这个地方。但是在来到夏威夷看到我平静的表情和姿态的那一瞬间，他立刻就明白了，夏威夷是最适合河正宇的地方。

　　从那以后，我依然时常飞往夏威夷，甚至安排过六天四夜的日程去夏威夷。由于在飞机上度过的时间相当长，所以事实上六天四夜的夏威夷之旅看起来是很疯狂的行为。虽然那时我有点儿幼稚，但我还是有了这样的想法：如果这是我人生"最后的六天四夜"，我会发自内心地想做些什么呢？

　　结论就是走路。我想活动身体，不停走下去。

　　那你呢？如果给你六天四夜说长不长说短不短的模糊时间作为人生最后的时光，你会做些什么呢？可以和朋友喝喝酒、聊聊天，也可以去以前没去过的地方旅行。但是，我只想活动活动我的四肢，不停走下去。

　　那趟夏威夷之旅被我视为我人生最后的六天四夜，在那里，我整天都在行走，除了走路和吃饭，我什么都

在夏威夷与朱智勋同行。

不做。在夏威夷的这趟疯狂的旅程也给我留下了关于休息的疯狂且美好的记忆。

我越累就越想去夏威夷。如果没有夏威夷，也许我早就在许多事情和负担中掉队了。在夏威夷，我可以躲藏在大自然的怀抱里，在它的羽翼之下无忧无虑地休息。不是作为演员，而是作为"野生人"的河正宇，对这样的我来说，待在夏威夷是我在日常生活中能够享有的最高级别的奢侈，它是一个幽静的洞窟。

金秉宇导演说，穿着短裤和拖鞋的我看上去十分自在。他好像从来没见过我穿得那么舒服走来走去的样子。对作为"野生人"的河正宇来说，待在夏威夷是日常生活中能够享有的最高级别的奢侈，它是一个幽静的洞窟。

06 休息不是
一动不动地躺着

想要逃离
夏威夷的某天

　　2013 年 11 月，结束了电影《群盗：民乱的时代》（下文简称《群盗》）的拍摄之后，我再次前往夏威夷。我的旅行箱里装了《许三观》的剧本，我想尽快进行改编的工作，完成最终版的剧本。我要去夏威夷一边休息，一边把剧本整理好，我就这么雄心勃勃地下定了决心。

　　但是一抵达夏威夷我就生病了，病了整整一周。我冷汗直流，起不了床，身上隐约有种垃圾一样的味道。在疼痛难忍，好容易才爬起来时，我心里想道："该回家了。"

在陌生的异国他乡，拖着病躯独自生活是件非常残酷的事情。虽然我的身体状况有所好转，但尽快动身回韩国好像才是上策。然而即便如此，我毕竟也还待在夏威夷。在离开之前，我想我至少应该在公园的长椅上坐一会儿。所以我就选了一处我喜欢的地方坐下。就这样，我又产生了这样那样的想法。

"我来夏威夷是想好好休息以调整一下心态的，但为什么没有一点儿好转呢？回家的话就能完全摆脱这份沉重的心情吗？"

我想，即便是回了家也没什么特别的。当时韩国正处在 11 月，是很冷清的深秋。身体和心灵都百无聊赖，我回家又能做什么呢？大概也就是盖着被子睡觉吧。与其如此，倒不如在温暖的夏威夷再坚持一天。

于是我又坚持了一天，感觉好点儿了。

第二天，我又想了想。那我再多待一天？于是我就又多待了一天，感觉又好些了。那时我就有了这样的想法："哦，原来休息也是需要努力的啊。再苦再累，也要让自己站起来稍微动一动啊。"

不光是我，现代人都在斗志昂扬地拼命工作，但放假时大家却一动不动地待着。难道是平时打起十二分的精神夜以继日地工作，以致过度劳累的缘故吗？人们时常有工作时积极认真，休息时却没有任何计划也不努力，对自己置若罔闻的时候，认为随心所欲地放任疲惫

哦，原来休息也是需要努力的
啊。再苦再累，也要让自己站
起来稍微动一动啊。

不堪的自己不管就是休息。但大多数情况下，这样"抛
弃"的后果往往不是得到休息，而是把累积的疲劳暂时
释放在房间里，再把它重新背起来出去工作。

什么都不做和休息是两回事，我认识到了休息也是
需要努力的这一事实。我是不是至少也应该像工作时那

样花些功夫来照顾自己的身心呢？

在那之前，我的脑海一直被"一切都是徒劳，我只想回家"的想法支配着。但从那时起，这种想法被一扫而空，我悄悄地在夏威夷行走起来。行走过后我回到住处，喝几罐啤酒就去睡了。既然我喜欢工作，既然我想长期工作，那我就应该花心思好好休息，好好规划。

不要把工作和休息混为一谈，不要把一动不动地躺着当成休息。在忙于工作的时候，不要找"以后再休息"之类不切实际的借口。

夏威夷就是这样，每当我来到这里时，它就会告诉我关于休息的全新意义。

死守"生步"
和"原跳"

很简单的日行 3 万步的
行走课堂

凡事要想坚持做下去，就要让它成为一种习惯，而不是"特别活动"。人们通常把每天 1 万步作为行走运动的基准点，而我却会走 3 万步左右。在没有拍摄行程的日子里，我记录下了我与步行一起工作的休息日程。

首先，早上一睁开眼睛，我就直接站上跑步机。在跑步机上走满 50 分钟，大概有 5 000~6 000 步。我们徒步队的成员会把这 50 分钟算作"一课时"。我们的规矩是，走完一课时后休息 10 分钟。当然，也可以根据时间和状态，在跑步机上进行"两课时"的行走。如此一来，上午10点我就已经攒好1万步，并且可以开始一天的生活了。

　　然后我就去工作室或电影公司上班，但此处有一条铁律：只要有可以下脚的空间就徒步行走。所以尽量不要搭乘车、电梯、自动扶梯、电动步道等设施，应该从日常生活中把步数精打细算地收集起来。运动过程中有个要遵守的小原则，它也是我能每天走出3万步的决定性秘诀：我不太喜欢有轮子或是可以使我的身体自动移动的代步工具，对于一般的街道，还是用我的双腿一步步地去走会更好些。不用特意抽出运动的时间，光是这样靠双腿移动就能完成一天的步数。

　　首先，外出的话，要从两个方案中选出一个。方案一是从家出发，然后径直穿过市中心徒步走到工作室的路线，这大约需要走3 000步。这样再从工作室走到经纪公司，又会有1 500步。一路上有很多看头，看着熙熙攘攘的人群，逛逛路边的小店，绝不会感到无聊，但步数上却稍显不足。

经常会有人问起，

像这样步行穿梭于首尔，

人们不会认出我吗？

完全没问题，

因为我通常都是像这样只露出眼睛。

那要是被认出来的话怎么办呢？

如果有人把我认出来了，

我就高兴地和他打个招呼，

然后继续走。

方案二则没有明确的设定，先朝汉江①方向出发，沿着汉江边绕行后再走去约定好的地点。这也是徒步队成员们行走时都想尽量避开的路线，因为比起直接走到目的地，这个方案明显辛苦得多。我们把这种不直接朝目的地前进，而是选择更远的路绕行到达的方法称为"卷削"。（关于"卷削"的含义，我将在夏威夷步行路线的章节中进行更加详细的说明。）

选择方案二的话，从家里出来后，我会先沿着汉江边绕一绕再走去工作室。这时，我会把东湖大桥、圣水大桥、永东大桥、清潭大桥等地点一一走个遍，后续依照是否需要返回的情况还有更多路线可以选择，而且在所需步数上也会出现很大差异。不过，在把汉江这样"卷削"过后，与方案一相比，行走步数至少可以再增加5 000。

我通常会选择以下路线：沿着汉江边绕行后走到狎

---

① 汉江，又称韩江，是朝鲜半岛上的一条主要河流，流经韩国首尔。——编者注

鸥亭格乐丽雅（Galleria）百货商店所在的区域，再走去工作室，最后到经纪公司上班。如此下来，步数大概有6 500。因为从时间来看，这个线路与方案一相比只有不到20分钟的差距，所以如果不忙且时间很充裕，我会选择方案二中去格乐丽雅百货商店打卡的路线。如果今天有想再多走一走的冲动，那我就再去永东大桥逛一下，然后去办公室，这样步数大概就有8 000了。这就是我最基本的上班路线。

为了能每天步行3万步，我们的徒步队成员都认为，在此基础之上的"生步"很重要，即在生活中实践步行是很重要的。平时我们很少闲坐着聊天，虽然看起来有点儿奇怪，但我们都站着聊天。从这边到那边，成员们慢悠悠地走来走去，步数也在持续累积。在外人看来这多少有些散漫，但大家各自活动着身体，既有效利用了我们所占据的空间，又把注意力更多地集中在了彼此的事情上。

此外，虽然这是对所有人都一视同仁而强制施行的苦差事，但徒步队成员们经常会说这样的话："到底是谁会坐着看电视啊？”

　　原则当然是要一边"原跳"一边看。这也是我们徒步成员之间使用的术语，叫作"原地跳跃"。

　　我们还有口号："只有紧急出口才是活路。"

　　这在没有发生灾情的日常生活中也是一样的。禁止坐电梯，也禁止搭乘扶梯，务必走楼梯。在以这种方式踏踏实实地实行"生步"原则的日子里，光靠"生步"我就能多攒 5 000 步左右。

　　一天的工作结束后，我还要走路回家。这时因为很累，所以我就很少再去"卷削"了。如此充实地度过一天后，通常会有 2.5 万步。

　　以下是死守"生步"的重要小窍门。勘察一下你在一天当中待得最久的地方，在其周边找到公园或是适合行走的场所。我如果感觉今天的步数不够，工作之余就随时会到岛山公园去转转。在岛山公园绕一圈是 600 步，我可以按照缺少的步数去调整。

　　当成员们发现适合行走的新地点时，他们通常都会先这样问："这地方走下来是多少步啊？"大家会立刻一起去徒步看看，记下有多少步。觉得运动量不够的时候，我会到岛山公园转 10 圈左右，这样就又增加了 6 000 步的运动量。

　　回家后和狗一起散步也是不错的选择。我在电影《隧道》中和"仔仔"一起搭档演戏后，不知怎的就有了感情，索性就领养了两只狗。电影中的"仔仔"其实是由熊仔和黑仔两只巴哥犬共同出演的，因为不能把这两只巴哥犬带回家，所以我就领养了比熊犬福实和法国斗牛犬丁七。跟这两个小家伙一起散步固然很快乐，但事实上也有难关，所以走得久了就有点儿勉强。因为我原本想再多走一会儿，但狗走三四十分钟就累了，不想再走了。大部分养狗的人会因为喜欢散步的狗而体力不支，被牵着鼻子走，但我却刚好相反。我又不能把趴在路中间耍赖的狗硬生生地拽走，所以一开始我会经常把它们抱在怀里，搞得我不知道这到底是在散步还是在护送狗，于是现在我就只在小区内和狗一起串门儿似的散散步就回去了。

　　自从开始喜欢上走路，我就几乎不穿皮鞋了。无论

在哪儿都要走路，所以我经常穿着运动鞋。我计划好每天走 3 万步，但一次性走完的话，我十有八九会立马放弃。在生活中，只要你坚持"只再多走一步""还可以的话，就用自己的双脚代替车轮走吧"之类的原则，你就能看到步数在不断累积。

我有过一个奇怪的幻想：如果谁能一天走 1 万步，就真的给他 1 万韩元。以每步 1 韩元的单价来存储兑换会怎样呢？因为走路只要动动胳膊和腿就可以做到，相当简单，所以即使只这样做也有钱拿的话，貌似人们就会拼了命地去行走。想到以后老了病了要大把大把地花医药费，我想现在我们所走的 1 万步其实都是价值连城的。

自从开始喜欢上走路，我就几乎不穿皮鞋了。
我在生活中定下了"只再多走一步""还可以的话，就用自己的双脚代替车轮走吧"之类的原则。

今天，我们一鼓作气地把疲惫和麻烦统统甩开，而后迈出的每一步都将具有不可估量的价值。这是我好好慰劳今天，并为了避免在即将到来的明天体力不支而提前加油并关心的事。

对我来说，行走是我爱护并管理自己的最佳投资。

08 10 万步
日记

突破极限
继续向前

去夏威夷的话，我发誓每天一定要走 4 万步（以我的步距来计算的话大约为 30 千米的路程）以上。清晨就出去走走的话，我还可以看到日出。此时灰蒙蒙的天空瞬间变得明亮，视野逐渐开阔，太阳照耀着我这一天要走的路。

日落时分我也要出去走走。我一边看着彩霞像染料一样在洁白的云朵中蔓延，一边散着步。一路上充斥着永无止境的浪漫感，很快我就到达了住处。虽然我因速度太快而感到很遗憾，但是没关系，因为走完后会有怡然自得的慵懒和消除饥饿的晚餐在等着我。

　　一回到住处，我就从放满冰块的冰桶里拿出一罐啤酒。舌尖触碰到啤酒的瞬间，我的大脑就像冰块一样咔嚓裂开，尽是啤酒冰爽的味道。夏威夷的啤酒是为整天流着汗走路的人准备的惊喜礼物。

　　一天的开始和结束可以如此幸福吗？通过走路这种粗野庸俗的人类所具有的本能行为，我感受到了幸福。在夏威夷，我甚至将学习过的东西都抛诸脑后，就像是放养在大自然中的动物一样，无止无休地走路、吃饭、呼吸。有时我甚至会想，这样的生活真的是真实的生活吗？当然，我不可能一年到头都这样过。但只要是在繁忙日程的间隙，哪怕只有几天的休息时间，我也会想去夏威夷尽情地行走。

　　夏威夷是步行者的天堂，如果我在那里比在韩国时走得还少，我会感到很可惜。因此，我们徒步队的成员们到了夏威夷后会吃好、睡好，专心致志地行走，并会根据步行模式事无巨细地对住处周边的环境及身体状态进行管理。因为大家都已经体验到了徒步所带来的快乐

一天的开始和结束可以如此幸福吗？

通过走路这种粗野庸俗的人类所具有的本能行为，

我感受到了幸福。

与活力，所以这是我们能做到的。我们是为了变得更幸福才来到夏威夷的，所以大家会一起行走。

来到夏威夷，我们就会想要刷新行走纪录。对在韩国每天步行 2 万步以上的成员来说，在夏威夷完成两倍的步数并不是一件难事。只不过到了晚上我们就感觉倦意来袭，想立马睡觉，否则 4 万步也没什么困难的。有一天，徒步队的成员们决定超越自我，挑战更高的难度。

每天 10 万步，能行吗？苦恼什么？先试试看吧！

成员们在 D-day①即将来临之际开始进行体力管理。所谓的步行 10 万步是指每天要步行约 84 千米。这个距离是全程马拉松的两倍左右，步行大约需要 20 个小时，因此绝不能掉以轻心。我们虽然是在夏威夷平均每天要走 4 万步的徒步老手，但也很难突然就在某天完成这 10 万步的任务。如果是 5 万步，即使不需要特别的准备过程，

---

① D-day 是美军常用军事术语，用来表示特定作战与行动的开始时间。——译者注

大家也都能完成，但 10 万步却不同。

我们开始慢慢地增加步数以防身体无法承受，为"10万步之日"的到来做好准备。经过几天时间，行走的步数从 4 万步增加到了 5 万步，然后又从 5 万步增加到了 7 万步，继续让身体去适应变化。

2016 年 10 月 15 日，终于到了夏威夷"10 万步之日"。

我们决定于韩国时间凌晨 5 点，Fitbit 上的步数刚好清零的时候出发。在这种正式行走的日子，我们会像田径选手一样穿上功能性的运动服：透气性良好的短袖上衣、短裤及轻便的运动鞋。特别是短裤，要选长度刚好到膝盖上方的，以免触碰到关节不断活动的膝盖。因为走一段时间过后，即使是像羽毛一样的衣角轻轻掠过膝盖也会造成麻烦，使人疲惫。

走在圣地亚哥朝圣之路上的人们一开始把身体般大小的背包装得满满的还嫌不够，把杯子、衣服等一大堆东西都塞在包里，后来他们不都还是一个一个地放下，扔掉了行李再走的吗？当体力遇到极限状况时，平时再怎么温和的人也会变得极其敏感。粗糙的衣服碰到长痘的皮肤、还没来得及剪掉的倒刺等，连如此微小的不自在都会让人感到犹如置身地狱一般。

我在出发前连袜子的弹性都会去仔细确认。要选那种穿起来脚不会觉得太紧、太闷，也不会太松以至于从脚腕上滑落下来的袜子。身体承受的重量越小越好，因此我准备了像斜挎小包这样轻便的包来背。防晒霜和爽身粉是包里必备的物品。因为一旦走起来，我们的身体就会一直流汗，所以皮肤皱起来的地方很容易溃烂和长痱子。早晨出发前是一定要涂抹好这些的，每次休息时也要勤加涂抹。

"10万步大长征"的那天，我们走了一整天。从清晨5点出发一直走到上午9点，吃完早饭后我们会休息一会儿。从中午12点开始吃完午饭又继续行走，一直走到午夜。当然，我们是坚持按照步行"一课时"50分钟就休息10分钟的方式走下来的。

天气有点儿阴，这很好。行走时，比起烈日炎炎、昼夜温差很大的晴天，云幕低垂的阴天会更好。再加上当天中途还下起了毛毛细雨，既解暑又降温，这是徒步的最佳天气了。如果不是天气帮忙，说不定在我们的第一次 10 万步旅程中就要有落伍者产生了。要想走完这 10 万步，"上天的帮忙"也是很有必要的。

许多人在日常生活中连走完 1 万步都觉得很困难，要想在一天内走完足足有十倍的 10 万步，最重要的还是靠着各自的"倔劲儿"。回首看看，大家都在惊讶于我们到底是怎么做到的。

首先，走到 5 万步时还算可以。此时，成员们之间还弥漫着乐观的情绪，认为大家的状态都很好，应该能坚持到最后。大家表情明朗，对话也很自然地进行着。但是从超过 5 万步的瞬间开始，如同谎言般，气氛发生了巨变。虽然每个人的"关口"都略有不同，但一超过 5 万步，危机就如期而至了。

脸发烫，嘴发干，对话自然也急剧减少了。即使这样，我们也会先坚持看看，腿像石头一样重，脚掌火辣辣的，每次踩在地面上都特别疼。最重要的是，我们呼吸困难，浑身发热，感觉怎么走也走不动了。这就是"死点"。顾名思义，"死点"就是犹如濒死的时间点。衣服被汗水浸透，头发也乱七八糟。虽然身体

许多人在日常生活中连走完 1 万步都觉得很困难，要想在一天内走完足足有十倍的 10 万步，最重要的还是靠着各自的"倔劲儿"。回首看看，大家都在惊讶于我们到底是怎么做到的。

还是我的身体，但重要的是如何去克服不想再走下去的念头。"我无论如何都做不到"，放弃宣言的声音直逼嗓子眼。但将痛苦编成了句子时，我却连说出来的力气都没有了。就这样走吧。走到忘我之境。

即便如此，能坚持到7万步的话，刚才消失的乐观就会暂时浮现。我总觉得这还值得一试，马上就能到达路尽头的希望随着风轻轻拂过脸颊。但是不能掉以轻心，从这里开始再走5 000步，想法就又变了。

"是不是早在刚才就该停下来"的悔意在心里蠢蠢欲动。腿就像是与我的想法无关而运转的故障部件，每一步都不仅很辛苦，现在甚至还让人觉得"麻烦"。比痛苦更能轻易把人推倒的或许是嫌麻烦的念头。虽然还有一线希望，即只要把痛苦都熬过去就会有意义，但麻烦的是，我觉得我所做的一切都微不足道，因为我的脑海中充满"这一切都是白费劲"的想法。

不对啊，我都到夏威夷了，为什么还做这种傻事呢？我到底是为了什么而如此辛苦地走着？走10万步又能怎样呢？我开始产生各种根本性的怀疑。走着走着，我觉得还可以走下去，但是我不太清楚这到底有什么意义。

一想到没有意义，我就突然失去了走下去的目标。

当时大家都是以深陷这种痛苦和怀疑的状态一直走下去的，所以感觉有些混乱，但现在回想起来，我们觉得还挺有意思的。既然都来到夏威夷了，那就挑战10万步呗，这不是都已经设定好目标了吗？但为什么在行走途中又突然开始寻找那个"意义"并想放弃了呢？或许，站在痛苦中心的那一刻，我们隐约在寻找的不是"这条路的意义"，而是"可以放弃的理由"：当初就说这一切都是错的，说这条路本来就不是我想要的，就这样默默否定了自己制定的目标，将其合理化为"因为值得放弃所以才放弃的"。

这或许不仅仅是关于行走的故事。在生活中，每次遇到特别困难的时期，我们都会突然开始努力寻找伟大的意义，如果发现不了它，就会辩解说这"没有意义""其实这从头到尾都是错的"。在漫长的旅程中迷路时，我们本应该把最初的选择和决心当作灯塔继续前行，但却立马就放弃了。

长途步行很容易疲劳，判断力也会下降，所以比起走路的时间，我们更应该提高对"休息的时间"的警惕。走

得比平常多时，即便是运动鞋中的一小颗沙子也可能会使
整个脚掌受伤。如果就这样一直忍着，后面步行的时间也
会因此化为泡影。所以，在休息的时候不能因为疲劳就喘
不过气，而要使头脑保持清醒，仔细确认运动鞋内及双脚
的状态，为下一个 50 分钟做准备。如果说觉得累了，开
始垂头丧气地往喉咙里倒水，这样肯定会出问题。

　　任何人都无法做到完全不休息并一直走下去。

　　现在快到 10 万步的"高地"了。光是知道目标线近
在眼前，大家都会开始慢慢变得从容。

　　那些看似根本无法出去走动的日子；因走路而体力
不支，想立马回家的日子……我之所以能熬过这些瞬间，
是因为我记起了行走回来时的成就感。所以，或许这每
一步都是对未来的一种储蓄。因为，尽管现在它看起来
并没有什么意义，甚至还会让你觉得痛苦，但日后它会
送给你更大的感动和意义。

　　终于，我们克服了那么多苦恼和体力上的局限，走
到了 10 万步。大家步履蹒跚地放慢脚步，靠近彼此，挤
在手机镜头前笑、嬉闹、拍照，和平常一样。

任何人都无法做到完全不休息并一直走下去。

　　我偶尔还会拿出当天的照片和视频来看。疲惫但却满足的表情、喧闹的欢呼声，这些都能让我们微笑着回想起这一天。当然，如果有人问我是否会再次挑战 10 万步，我却不敢轻易回答说我"马上会再次进行挑战"。但那天我没有放弃而是坚持到最后的经历，让我增添了信心，还有谦和之心，不管以后我的人生中会发生怎样的事，只要有能够健康行走的双腿在，我都能欣然接受一切。虽然只是迈开双腿、挥动手臂走到最后，但这却似乎已经稍稍超越了我生活中任何的转折点。

　　跨越濒死般的"死点"，坚持走下去，我们终将回归生活。

　　置之死地而后生。

　　我们还能再走一会儿。

　　说不定哪天在我人生的道路上也会出现"死点"。到那时，只要回想起我在夏威夷走了 10 万步，再苦再累的情况最终也能使我回到日常生活中，我会坚持走下去。

跨越濒死般的『死点』，
坚持走下去，
我们终将回归生活。
我们还能再走一会儿。

09 越过"眼泪岭"，
就会有吃饭和休息的地方

我家的大院子，
沿着汉江行走

　　我一直把汉江当成"自己家的院子"。以前到了春天，我在经过汉江边时就会在看起来空荡荡的地方偷偷种树。虽然过段时间再来看，我发现树被拔掉的情况也时有发生，但即便如此，我也在春天到来之际，像装饰自己家的庭院一样种了树。当然，我也听到了再怎么心怀善意都不能随地栽树的消息。现在，即使是在我心仪的场所，我也不会在没有事先得到批准的情况下随意栽种植物了。

拍摄电影《群盗》时，剧组曾在潭阳郡①的私家竹林进行取景。我格外地喜欢树木，所以那片竹林的主人为表示感谢，欣然表示要送我 100 棵竹子。可是，这该种在哪儿呢？于是我就联系了我心目中的前院——汉江岸边的有关部门。

"您好，我是演员河正宇。请问我能把 100 棵竹子种在汉江岸边吗？"

我原本打算由我自己来承担搬运、种植等的费用。如果汉江的岸边能有片竹林，那不是很酷吗？但由于相关部门在对汉江生态环境的管理上有要遵守的原则，所以我得到了"其他地区的植物再怎么漂亮，也不能把它们移栽过来"的回答。虽然有些遗憾，但我现在仍然会想象汉江边种植着我喜欢的各种植物的样子。

我从很久以前就开始在汉江边行走了，也会在幸州

----

① 潭阳郡是韩国全罗南道北部的一个郡，位于光州广域市的东北部。——译者注

大桥或是八堂大桥上一直走到底。比起我刚开始徒步时
的汉江，现在的汉江边变得更加枝繁叶茂，也越来越适
合徒步了。

　　沿着汉江行走时，主要路线以汉南大桥为基准可以
分为两条：往西走是幸州大桥，往东走就是八堂大桥。

我从很久以前就开始在汉江边行走了。我一直把汉江当成"自己家的院子"。

根据朝这两个方向走到哪里又是否回来的情况,有很多种路线可以选择。因为需要很多的时间跟体力,所以在成员们想要来一次徒步旅行时,我们就会拿出一整天的时间一起行动。当然,我们有走到底的时候,也有走到中间就折回来的时候。

沿着汉江边走回家的某个黄昏。

在东西两条路线中，我更喜欢东边的路线。如果今天我只是想轻松地散散步，我就以汉南大桥为基准走到蚕室大桥再回来（大约需要 2.5~3 个小时）。如果今天我想多走一会儿，那我就走到广津桥。这时我会经过峨嵯山生态公园。看着随风摇曳的绿色树叶，穿梭在树丛中，我会暂时忘记自己身处城市。

还有可以走得更远，晚点儿再吃午饭的路线。经过于奥林匹克大道的末端通往中部高速公路的江一立交桥后，再继续前行，就会出现我们成员经常光顾的"榉树小屋"。如同来到乡间一般，这是一家既舒适又温馨的餐厅。早上 8 点左右出发的话，我们会在下午 1 点半到达。但是，为了吃到这美味的农家饭菜，我们在经过江一立交桥之前必须先越过一个叫作"眼泪岭"的地方。因为紧靠着高德山，所以这条路相当陡，已是行走行家的成员们也是流着眼泪爬上去的。虽然上山辛苦，但下山时的风景却无比迷人。江水悠悠地流淌而过，眼前尽是葱郁的绿荫。在餐厅里心满意足地吃完面条或辣鱼汤后，有时我们会打个盹儿，再好好休息两个小时，不知不觉就到了晚上。

如果从这里接着走下去呢？当然能走了！那就慢悠悠地走到八堂大坝。当然，如果选择了这条路线，之后再步行回来是不可能的了。所以我们走到这儿的话，就会喝杯小酒，然后搭返程的车回家。

虽然我更喜欢东边的路线，但西边的路线也是可以绕着首尔市的景点走马观花地转上一转的。先走到63大厦前再走回来，大约能走2万步，跑的话一个小时就能回来。只不过奥林匹克大道是一条直线，走起来没多大意思。

如果因为走平地很无聊而不太想走，想增加一些能爬上爬下的登山运动，那还有朝南和朝北的路线可以作为"番外篇"来选择。我去南山的路线大概是这样的：越过盘浦大桥或汉南大桥，朝顺天乡大学医院的方向上去，再绕过凯悦酒店到达南山，爬到顶峰后再回来。或者去爬清溪山也是不错的选择。在蚕室综合运动场前右转到良才川，可以沿着它一直走，但这种情况需要乘坐一次地铁穿过市中心。如果能把在地铁里储存的体力转化为能量，爬上清溪山的玉女峰，那北边的路线也就完成了。

目前为止，这毕竟都只是我和徒步队成员的行走路线。东西南北，无论是哪里，你都可以去。在住处的周边，制订一条以自己名字命名的徒步路线怎么样？"我走过的地方便是路。"

　　这毕竟都只是我和徒步队成员的行走路线。由于大家各自居住的小区和要去的主要地方都不同，所以可以根据各自的个性及喜好，制订属于自己的路线和节奏。东西南北，无论是哪里，你都可以去。在住处的周边，制订一条以自己名字命名的徒步路线怎么样？就像某人所说的那样，"我走过的地方便是路"。

10 夏威夷
步行路线

第二个家

　　夏威夷对我而言，就像是第二个家，是能让我放松、治愈我身心的地方。所以去夏威夷这件事，与其说是去旅行，不如说是回家。我总是想回"家"。那回"家"去做什么呢？行走。我可能是为了抛开一切去尽情行走才会经常去夏威夷的吧。

　　在夏威夷，我和徒步队的成员通常会住在火奴鲁鲁①

---

① 火奴鲁鲁，又名檀香山，是美国夏威夷州的首府，由于早期盛产檀香木并大量运往中国而被华人称为檀香山。——译者注

市威基基的酒店式公寓。即便是没去过夏威夷的人也都
或多或少听说过威基基海滩，它就在这附近。我住的地
方的前面是大海，后面是河流。比起熙熙攘攘的海边，
我更喜欢沿着河边走。

从住处出发，走 4 000 步左右就会看到夏威夷最古
老的公园——卡皮奥拉妮公园。卡皮奥拉妮公园规模庞
大，从威基基海滩的东侧一直延伸到因十万年前火山喷
发而形成的火山口——钻石头山的西侧。在绿荫如盖的
榕树小路和开阔的草坪之间走一走，被大大小小的事情
塞满的心就会柔软地舒展开来。

在卡皮奥拉妮公园转一圈大约需要 3 300 步。往返
于酒店和公园需要走 8 000 步，每绕公园一圈又会增加
3 300 步。这样光是去卡皮奥拉妮公园转转，也很快就
能走到 1 万步了。

从我们的住处出发，沿着河边去卡皮奥拉妮公园的
路线，相对于其他路线要更长一些，所以在日落时分悠
闲地走一走这条路线是个不错的选择。在房间里看着窗
外余霞成绮，天空的颜色如此迷人，我就总是情不自禁
地拿出手机拍照。为何霞光里不只有橘黄色，甚至还包

在夏威夷趁着落日余晖未尽出来走一走，
丹霞似锦，静静地在我头顶上空流动。

天空竟然有着如此超现实的色彩。

我把晚霞像戴帽子似的戴在头上，走了又走。

含了粉红色呢？趁着落日余晖未尽出来走一走，丹霞似锦，静静地在我头顶上空流动。我很喜欢将如此具有超现实色彩的天空像戴帽子似的戴在头上走路的感觉，所以黄昏时会主要选择这条路线。

西边也有不错的公园。阿拉莫纳海滩公园是个环境雅致的公园，在这里转一圈有1 000步左右。因为它离威基基海滩很近，所以会有很多人去那边。与卡皮奥拉妮公园相比，在这里可以走得更轻松些，所以我主要在外出后需要马上回来吃午饭的上午，或是在行程中间有空闲的时候，去那边毫无负担地走一走。我们的成员当中最痴迷走路的金俊奎，连和大家一起待在酒店时都会突然留下一句"我先出去一趟"，然后就消失得无影无踪。大家如果追问他去了哪里，就会发现他是去阿拉莫纳海滩公园转了十来圈才回来的。

不过，当我们想好好走一走的时候，我们还是会选择卡皮奥拉妮公园方向的路线。在之前我所介绍的日常路线的基础之上，如果再增加两个徒步成员觉得最辛苦

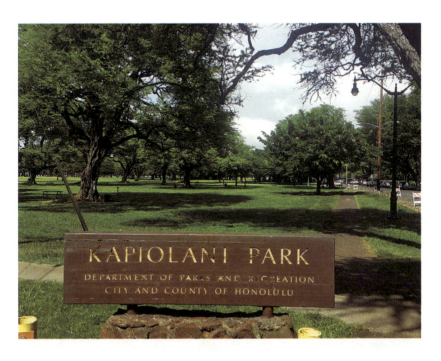

卡皮奥拉妮公园——
我的夏威夷徒步根据地。

的选项，即"卷削"和"体耗严"区间，那么当晚大家
就会毫无悬念地全部酣然入睡。从卡皮奥拉妮公园向西
走的话会看见钻石头山，火山喷发口顶端的岩石在阳光
的照射下会像钻石一样闪闪发光，它因此而得名，也被
视为夏威夷的象征。有时，我们在直达卡皮奥拉妮公园
之前，会先环绕一下钻石头山，我们称之为"卷削"。
无论如何，这样的距离都比直接前往目的地的距离远得
多，所以大家都会感到有负担。这样"卷削"过后，我
们会再来到目的地卡皮奥拉妮公园转上三圈。如果这样
走后还感觉状态不错，那我们就会在回来的路上去特朗
普国际酒店旁的小公园再转几圈。

这时我们就会经过一个被我们称为"体耗严"的区
间。所谓"体耗严"区间是"体力消耗严重"区间的缩
略语，它指的就是威基基海滩。之所以我们在这里的体
力消耗会变严重，是因为来海边玩的人非常多，我们必
须果敢地穿越人潮。到处人满为患，我们不知道在什么
时候会以何种方式就撞到人，要时刻左顾右盼，找准机
会突破才行。这样一来，我们就很难像平时那样保持一

定的速度去行走。要以最快的速度移动，又要瞻前顾后
地注意着周边，大家无论如何都无法集中精神。所以，
一旦决定要穿越"体耗严"区间，在这之前就要充分休
息好并做好心理准备。

虽然"体耗严"区间被描述成负担很重的路线，但
其实它会给人带来与消耗掉的体力对等的巨大乐趣。因
为可以去尽情感受在海边嬉戏的人们那愉快的表情和氛
围。因此，我偶尔也会故意跳进人群中，在陌生的脸庞
之间快速行走。

如果按照个人的喜好，在基本路线上添加各种夏威
夷的地标景点，那它就会成为一条原汁原味的徒步旅行
路线。如果想爬山，那就去玛基基高地。玛基基高地是
一座海拔 240 多米的矮山，因此随处可见穿着便装去登
山的当地居民。登上山顶后，可以将火奴鲁鲁市的风景
尽收眼底，夜景尤为美丽。

也许你会很好奇，我去夏威夷真的就只是这样单纯
地走走吗？我到底为什么那么喜欢在夏威夷行走呢？这
跟行走于韩国又有什么区别呢？我也不太清楚。我在夏

威夷的确是这样一直行走的。当然，除此之外，我还会和徒步队的成员们一起做饭吃饭，还有各自活动的时间。在夏威夷，独处的时候我主要在画画。油画布和画具都是从韩国带过来的，如果材料用完了，我就到附近的画具店去买。

我之所以在夏威夷能走得更加努力，是因为天气也发挥了很大的作用。夏威夷一年四季都与韩国初夏时的气候很相似。虽然夏威夷在大多数时间里都很晴朗，但偶尔也会有一天之内天气反复多变的情况发生。

我喜欢夏威夷飘着毛毛细雨的阴雨天，就好像用喷雾器喷水一样，丝丝绵绵的小雨就这样静静地落下来。即使是阴天也会立马放晴，出现彩虹，晚上也能看到晴朗的天空，这就是夏威夷。晴转多云，风雨交加，彩虹升起，如此变幻莫测的天气是夏威夷的"特产"。

我用全身感受着夏威夷的气候和温度并行走着。走出去用皮肤感受季节和天气的变化，我就会完完全全地感知到我现在还活着。在夏威夷，我就像是久旱逢甘霖的植物，生机盎然。

在夏威夷，
我就像是久旱逢甘霖的植物，
生机盎然。

11 步行的 魔法时间

冬日步行之乐

　　我每日都在行走，一天不落。我在 Fitbit 上将每天必须完成的步数设定为目标值，并下决心一定要完成。与其他同类设备相比，Fitbit 的误差较小，设计上也不突兀，因此值得把它推荐给初学者们。（我与 Fitbit 公司没有任何关系，我既不是它的代言人，也不是为了试用而接受了赞助。这只是作为行走爱好者的一点儿使用感想。）虽然我使用的是包含了 MP3（音乐播放器）、心率测定、睡眠模式分析等多种功能在内的款式，但如果是初学者，像 Fitbit Alta 这种款式就足够了。它能精确测定我的步数，如果我长时间不动，它还会用震动的方式提醒并鼓励我继续前行。完成目标步数后，显示屏上还会放烟花，像举办庆典一样。有了手腕上这台小机器的支持，我能再多走一点儿。

行走前复杂而沉重的心情，在返回时变得简单而轻松；在面临重要事情时产生的不安感和焦虑感，在走回家时也消失得无影无踪。我明白了，行走是有助于我生活和工作的事。所以只要不发生天灾地变，我通常都会继续行走。

如果你不是像我一样把行走当成习惯，那么根据天气和季节的变化外出行走时你可能会感到艰难。尤其是在数九寒天，你甚至可能都不敢出门。尽管如此，我还是想说，先走走看吧。当然，如果遇上暴雨或暴雪天气，肯定是要多加小心的。但是，我想对那些畏于天气和季节的变化，认为在特定的某个季节里根本无法外出行走的人说，即使在看似拥有无尽痛苦的"冬日之行"中，也有着隐藏的魅力。

冬日昼短夜长，下午 5 点左右，外面就开始变得天昏地暗了。我起床的时间跟别的季节差不多，但太阳落得这么快，在日落时分，人难免会觉得郁闷，因为感觉还没做什么呢，一天就过去了。虽然醒着的时候也没有什么可多做的，但晚上却又无缘无故地睡不着。睡不好觉，第二天早上自然会觉得身体沉重。那又会导致我以不佳的状态来度过白天的时间，太阳一落山又觉得这一天过得不够充实，所以人就又变得忧郁起来，恶性循环。这个大概就是冬天比其他季节更辛苦的原因吧。

即使是在寒冬腊月，我也还是会戴着口罩、帽子和滑雪手套，穿着羽绒服出去行走。一开始，身体会被从地面袭来的冷气和冷风牢牢控制住。那今天就只适当地走一会儿，然后早点儿回去？意志就这样变软弱了。但是一旦迈出去一步，我就会自然而然地走下去，所以很快我就发现自己正在努力地行走着。

散步的魅力之一是能够切身感受到天气和季节的变化。我们通常主要是在室内消磨时间，忙忙碌碌的日子里连今天的天气是阴还是晴都根本不记得。但人是生命体，让身体去接触天气的变化、温度和湿度、阳光与风，

散步的魅力之一是能够
切身感受到天气和季节的变化。

正值『魔法时间』的天空。

因为日光量恰到好处而格外美丽柔和，

这是很重要的。要以此来获得活着的感觉，并更加珍惜自己的身体。知道春天和秋天的阳光不一样，夏天和冬天的树上有着不同的味道，这是立足并生活于这个地球上的乐趣。

冬天虽然非常寒冷，但就连皮肤感受寒冷的瞬间对我来说都是很宝贵的。

走了一会儿回到家里，我脱下羽绒服，衬衫早已被汗水浸透。如果了解到寒冬里也会出那么多汗，这的确会让人大吃一惊。我把湿衣服脱下来放进洗衣机，开始为泡澡或泡脚做准备。这时，有一件事情是绝对不能漏掉的，那就是来一杯热可可。甩掉汗水的身体无比清爽，甜甜的可可也相当美味。适当的热饮会使身体变得倦怠，从而给人带来安全感。无论有怎样的想法，我的心里都很平和自在。我像是突然有了什么新奇的想法似的：每天只是靠走路就能体验到如此完美的安全感，那我又何乐而不为呢？

我喜欢在严冬下午 5 点左右出去走走。这个时间被我称为行走的"魔法时间"。"魔法时间"原本是摄影中常会用到的词，它是指黎明或黄昏时的日光量适中，可以拍摄出非常美丽、柔和的影像的时间段。如果能在这个时间到天空中去看一看，或许就能理解它为什么会被叫作"魔法时间"了。不只如此。行走完回到家后，"魔法时间"会再一次降临。随着身体因寒冷而瑟缩成一团，复杂又敏感的内心开始变得平静，不知不觉间我就会发现自己正在慢慢进入充满生机和幸福感的状态。

　　寒冷和忧郁如退潮般渐行渐远，傍晚的幽静和我身体的温热则像涨潮般汹涌而来。下午 5 点，我行走在这样的严冬里。

　　我们不停走下去，寒冷之类的问题根本微不足道。

第 二 部 分

吃饭，走路，笑

复盘的
时间

为什么？为什么？为什么！
与数不清的"为什么"对话

电影票房的失利对演员来说是件非常令人痛心的事情。有人说我"什么事情都能做好"，但我的影视作品中也有不少票房没有达到预期的。和尹钟彬[1]导演一起拍摄的电影《群盗》，虽然吸引了 470 多万名观众，但由于当初我们有更大的目标，我很自责自己为什么没能做

---

[1] 尹钟彬，韩国著名导演、编剧、演员、电影制作人，与河正宇为中央大学校友，二人合作过《不可饶恕》《与犯罪的战争：坏家伙的全盛时代》《柏林》《群盗》等多部作品。——译者注

得更好。

对千万票房的电影①或是获得奇迹般成功的影片来说，虽然运气也起了一定的作用，但我觉得这种运气也是靠吸引观众的决定性一击才得以实现的。相反，当确信一定会成功的电影却没能得到观众的选择时，我会重新问自己："我真的无论怎么努力都没什么可以再尝试的了吗？"这是一个痛苦却又必不可少的过程。

尹钟彬导演很喜欢我在大学时期以光头形象出演的话剧《奥赛罗》中的角色，他经常会说："哥，我想拍一部把你在《奥赛罗》中表演的样子原原本本展现出来的电影。"《群盗》就是因这一句话而开始的。

我饰演的"大石头"是一位因烧伤而变成光头的人物。导演能从某位演员曾经出演的角色中获得灵感而计

———————————————

① 韩国电影票房通常以"人次"为单位进行计算。所谓"千万票房的电影"是指在韩上映时观影人次超过一千万的影片。韩国人口总数约为五千万，所以票房超过一千万人次的电影即为"高分电影"。——译者注

划拍摄一部新电影，这是一件值得感激的事情。所以我想尽情享受光头拍摄的时光，但这并不容易。

我到片场之后，通常会先喝一杯咖啡，然后开始上妆。然而在拍摄《群盗》时，每天我都还没睡醒就先开始剃头。我会把热毛巾放在头皮上，使头皮放松之后，再把一夜之间长出来的头发剃掉。因为头发一直在长，所以每天都要剃。接着将芦荟涂在头皮上，使被刀片刮过而变得灼热的皮肤镇定下来，然后开始化烧伤的疤痕，用黏合剂把伤疤的贴纸贴在头皮上。虽然我使用的是对人体无害的产品，但黏合剂终究还是黏合剂，每天都被刀片刮过再涂上黏合剂的头皮是不可能完好无损的。

就这样，"大石头"的光头造型完成后，还要在嘴角贴上胡子，穿上古装。仅是如此就不知不觉过去 3 个小时了。因为这样的拍摄准备过程本身就不简单，所以它对体力的消耗是非常大的，甚至使我想好好走一走，吃点儿东西来补充体力都很困难。在拍摄的过程中，吃饭时胡须也总是被带到嘴里。因为胡子贴起来真的很麻烦，又很难复原，所以我都不能好好地吃东西。即使没吃什么东西，饭后我也一定要一丝不苟地进行补妆。

　　《群盗》的拍摄是整整 7 个月都在外地进行的。长时间地离开家这个熟悉又稳定的空间，我心里很难过。拍了一整天后，回到住处，我只觉得自己"挺过来了"，而不是"今天一天干得不错"。

　　但是《群盗》上映后，面对大众的反应，我开始对那段时光感到后悔万分。我意识到自己输给了肉体上的痛苦，心中的怒意难平。这并不是因为观众们没有充分地了解到拍摄电影是如此辛苦，而是纯粹出于对自己的责怪和愤怒。与上映后无法得到观众选择的痛苦和困难相比，拍摄时肉体上的痛苦根本不算什么。虽然现在每年我都有两三部作品上映，但是没能从观众那里获得预期认可的电影总是让我感到心痛。

　　电影上映后，即使发现作品的瑕疵也只能接受现实，毕竟时光不能倒流，我所扮演的角色会永远以那个状态在电影中生活下去。无论是艰苦的片场条件，还是拍摄期间我个人遇到的困难，都不能成为我在面对我所扮演的角色和观看了这部电影的观众时所说的托词。

　　《群盗》乍一看像是个民众揭竿而起、推翻腐朽世

界的故事。因为它以贵族和贪官污吏严重剥削人民的朝
鲜时代作为背景，以劫富济贫的一群盗贼作为主角，所
以谁都会期待这是一个"大石头"击败恶人、带来和平
的痛快故事。但观看完影片后，观众们似乎很失望，觉
得电影结局有些一言难尽。尤其是《群盗》上映的 2014
年夏是在世越号惨案发生之后，那时正是人们因为现实
中权力的压迫而备感无力和愤怒的时期，观众或许原本
期待着在这部电影中能稍微缓解一下这难解的忧愤。与
这种社会情绪相吻合，他们对电影的反应自然会有所改
变。但这些部分都是观众的选择，电影是要与当代人有
所配合的领域，绝不能因为观众的反应不符合自己的预
期而有遗憾或委屈的想法。

在《群盗》没有如预期那般吸引观众时，我正在执
导《许三观》。虽然当时是很重要的时期，但我连睡着
觉都会猛然坐起来，生我自己的气。为什么我会做出如
此愚蠢的决定？为什么那时我会相信它能打动人？为什
么我会如此轻率地接了这个角色？为什么剧本往那么奇
怪的方向发展，而我却不早点儿说再斟酌一下呢？到底

是为什么……

　　观众对《群盗》的反应没有我想象中的那么好，这对我来说虽然是巨大的冲击和伤害，但在这之后我和尹钟彬导演每次见面都会聊起《群盗》。像是复盘一样，我们会把当时的决定和选择一一拿出来说。《群盗》虽然给我们留下了深深的伤痛，但无论是对我还是对尹钟彬导演来说，这都是一部对我们的电影事业有新启发并值得感激的作品。

　　我们复盘《群盗》的对话持续了将近一年。影片上映后，我只要看到票房成绩，无论何时都有把那个曾身处于拍摄现场的我再复盘一遍的习惯。观影人数是我们无法轻易预测也无法打包票的事情。电影上映后就尘埃落定了，因此我所能做的，就是在拍摄现场尽力完成自己分内的事。

灰姑娘的
秘密

像上班族那样，
像运动员那样

沉沦于酒或药物而变得散漫，离经叛道与自由奔
放，挥霍无度的习惯，情感的起伏，抑郁与敏感，还有
那些不幸与绝望，战胜这一切，杰出的艺术作品才得以
诞生……

人们想象中的艺术家形象大抵都被归结为上面这几
点。老实的、有规律的、像普通上班族一样的艺术家的
人生是让人难以想象的。也许因为我既是演员又是导演，
同时还在画画，所以我偶尔会遇到一些在想到那个充满
"作为艺术家的自我意识"的河正宇后，对现实中的我

感到非常失望的人。

"河正宇先生似乎出人意料地过着普通人般的正直生活啊？"

我听到过这样的话。也有人会认为他眼前所看到的我的这副模样背后可能还隐藏着其他样子，因此非常委婉地问我："好作品不都是在艺术家脱离稳定且正常的轨道后标新立异或彷徨时才出现的吗？"

我知道人们提出的这些问题都意味着什么。他们认为，高雅的艺术与安定的生活是不能两立的。但是我可以坚定地说，我所知道的好作品都来源于好的生活。

但这并不意味着我对自己现在的生活充满信心。创作优秀的作品不容易，过好生活也不容易。我只不过是为了创作出更好的作品而在努力过健康的生活而已。

当然，从历史上一些艺术家的生活来看，他们似乎都在艺术性和日常生活的稳定性上顾此失彼。有些天才艺术家会在把自己逼到极尽悲惨或脱离正轨的瞬间去完成作品。我完全可以理解他们为什么会那样做，因为那时的想法和行动会变得果断。因为有了不同于平常的无拘无束之感，超越了禁忌与偏见，想法和行动能够无所顾忌地表现出来。如果说艺术已经超越了我现在立足于此的自身极限，那么偏离和冲动就会让人产生能够完全超越自我的错觉。

当然，在这样的过程中可能也会出现一两次满意的结果。艺术家偶然创作出备受大众追捧的作品，在获得了人气和名誉后，甚至会产生"现在不能回到幸福和安定的道路上"的想法。因此他会更加执着于"不平凡的状态"，并坚信只有在灵光一现的冲动瞬间才能创造好的作品。如果强度逐渐加大，在某一瞬间，他的生活就会完全崩溃。

我们都认为，这就是艺术家的命运，但这只是错觉。如果能懂得正确维持生活运转的方法，或许可以更长久地去创作好作品。一想到那些毁了自己的生活，饱受苦痛，但却很快消失得无影无踪的杰出艺术家，我心里就很难受。他们只不过是渺小又软弱的人类，要如何去承受这巨大的痛苦呢？谁也不能长时间地坚持和承受这样的生活。

经验相对较少的年轻艺术家们更容易执着于这种闪电般的刹那。有些东西是需要花费很长时间才能被积累和唤醒的，但如果在开始就无法战胜恐惧，被焦虑压抑，无论付出怎样的代价都想尽快取得成果，那是心存侥幸。

于我的身体和生活不利的事情，对我的作品也不会有所助益。消极的冲动绝对不会成为艺术家的燃料，艺术家的人生不是只燃烧瞬间就消失殆尽的。我们应该不断地工作，无论是在人性上还是在艺术上，我们都能通过这些工作一点一滴地进步，去体会生活。做一个好人，过正直的生活，即使每天只是在画布上点一个点儿，10 年以后我的时间积累起来也能完成一幅作品了，不是吗？这只是个简单的比喻，但我想阐明耐得住时间的考验在艺术中的重要性。我坚持认为，艺术家一定要经受得住这时而令人恐慌时而枯燥的整个过程。

我之所以想通过行走来维持我身心的坚实，也是出于这个原因。我想一直演戏、拍电影、画画。或许某一天，我会创作出意想不到的好作品；又或许某一天，我会得到令自己非常失望的结果。重要的是，不要被这样的结果左右，要不断地努力工作。我想做一个不悲不喜、有始有终、努力工作的人。

如果仔细观察我周围的演员和我喜欢的作家，你就会发现，完全像上班族或运动员一样工作和生活的人有很多。因为他们本身没有被特定的工作束缚，所以喝酒到深夜、无所事事地出去旅游或随意改变生活环境等看起来似乎都是稀松平常的事情，但事实并非如此。不在固定的地方上班，就意味着随时会有事来临，要突然安排行程，因此需要时刻使身体保持最佳状态。比起那些悠闲自在、放荡不羁的艺术家，他们更像是即将面临重要比赛的体育选手和准备做报告的上班族。

　　我也喜欢和好朋友们一起喝点儿酒，但很少会喝到凌晨。有人可能会说这是为了保持精神状态和生活节奏而做的决断，其实并不一定是这样，像我就只是"因为困"。不知是不是每天一有空就出去走路的缘故，与快乐幸福的人见面确实让我非常开心，但一到午夜我就会非常困倦。虽然还想再待会儿，但我还是留下一句"我错了……"就回家了。这样一来，我甚至还被取了"灰姑娘"的绰号。为避免喝酒到深夜而引发事故，或是到无辜的地方去制造麻烦，我要"设置"好自己的身体才行。

　　临近子夜，是对"灰姑娘"发出的即时信号。困意来袭，我眨了眨眼睛，用眷恋代替水晶鞋，将它留在酒桌上，然后步行回家。恰到好处、令人愉悦的酒气和渐渐袭来的困意使我加快了步伐，回家洗漱后我倒头就睡，然后第二天早上像"新王国的小朋友"①一样睁开眼睛。

也许有人会说，这种生活没有叛逆，没有稚气，甚至还有点儿枯燥乏味。但我喜欢这样的每一天，因为在旭日东升、可以举杯庆祝的那天到来之前，我还有很长的路要走。

_____

① 《新王国的小朋友》是一首韩国童谣，旨在告诉小朋友要早睡早起、诚实有礼。——译者注

14 吃饭，走路，笑

○ "吃播"始于日常

　　不知从何时开始，人们都说我吃东西的演技很好。如果我有新片上映，大家也多少会有些期待——这次我又会展现出怎样的"吃播"。其实，我在看到自己的"吃播"合集视频被到处传播时，或多或少都有些不好意思，同时我慢慢也有了这样的想法："这家伙吃得真香！"

　　很多演员在表演吃饭时，会想着咀嚼后再把食物吐掉。如果遇到需要反复拍摄的情况，实际上演员就不得不把食物吐出来。但我会全部吃光，而且我吃得很香。为了在表演中能吃得更香些，我会拜托剧组不要给我那种放了好几个小时的菜，而是把刚出锅的菜端过来，因为只有这样我才能大快朵颐。如果我吃东西的演技会让看的人不由自主地垂涎欲滴，突然很想吃那道菜，那么这大概是因为我在演戏的时候确实吃得津津有味吧。（当然，在《隧道》中和仔仔一起吃狗粮的场面是个例外。那时我的确吃了狗粮，但是狗粮有土的味道……）

我如此喜爱美食，如果不去走路会怎样呢？体重大概会超过 150 千克吧。车太铉①说，"普通人大概会选择少吃点儿，少走点儿，你真的很特别"，而我下辈子也会选择多吃多走的生活。哪怕是为了和我喜欢的人坐在一起吃更多世上的珍馐美馔，我也会更加努力地走下去。

走路让我们吃再多也不会发胖，还为我们提供了在管理身体的同时可以尽情享受美食的空腹状态。做太累的运动会让人筋疲力尽，没有食欲；运动量太小又会影响消化，让人没有胃口。努力走完路后吃到的饭菜真的

---

① 车太铉，韩国著名男演员，曾与河正宇在《与神同行：罪与罚》中合作。——译者注

是人间美味。喜欢美食的人要努力走路，努力走路的人要吃得好，走路和吃饭还真是般配的一对儿。

　　在为了努力步行而去的地方——夏威夷，我们的徒步队成员也都很热衷于吃。到达夏威夷的第一天，我们首先做的就是去四个超市买菜。我们在夏威夷主要做韩餐吃，要想做到这一点就必须去超市逛逛，备齐必要的食材。我们首先到开市客（Costco）购买肉和红酒，再去堂吉诃德超市（Don Quijote Supermarket）购买本地啤酒和夏威夷矿泉水，然后在主营韩国食品的帕拉玛超市（Palama Supermarket）买泡菜，最后在HMart①里买各种蔬菜。

　　我们一回来就立马用牛腿骨熬制肉汤。先用冷水浸泡骨头，去除血水后再煮沸，那么杂质就会飘上来，然后把水倒掉，再煮一次。我们会用第一遍熬出来的肉汤做精熬牛骨汤②，用第二遍的做年糕汤。从第三遍熬出来

---

① HMart，即汉亚龙超市，是美国最大的亚洲食品连锁超市。——编者注
② 精熬牛骨汤是韩国罗州地区具有代表性的一种传统食物。——译者注

到达夏威夷的第一天，我们首先做的就是去买菜。
在夏威夷的首要任务是好好吃饭，踏实走路。

的肉汤开始，我们会等它冷却后把它倒入密封袋，放在冷冻室里保存。用鳗鱼制作而成的肉汤可以天天做，但牛骨肉汤得事先做好，放在冷冻室里冷冻，这是日后成为我们烹饪基础的宝贵"资产"。

　　我们早上一定要吃韩餐。我们在吃完早饭出去徒步之前，一定要先去一个地方。这段时间被我们称为接受"审判"的时间。我们在各自去完洗手间后会互相问候——今天"审判"进行得是否顺利，然后出去进行晨间徒步。饭是否吃得好，消化情况如何，这些都要经过切实的"审判"，我们才能安心地出发。在街上走着走着突然申请进行"审判"的话会让人感到很难堪。

　　我们之间有很多像这样的词语：聚在一起时创造的单词，我们用着用着都觉得很好笑的话语之类的。我们并不是为了搞笑而故意编造这些词的，但回过头来看，这些在我们之间使用的搞笑暗号和玩笑也使我们的关系变得更加牢固了。我希望，以后我们也会有这么多因这种无谓的小事而一起欢笑的时光。

夏威夷的饭食。早上一定要吃韩餐，饭后我们会去接受"审判"，在街上走着走着突然申请进行"审判"的话会让人感到很难堪。

做韩餐的必备食材——大葱。在夏威夷停留期间，我们也会这样种大葱来吃。

　　我喜欢逗人笑。但如果刻意去搞笑，必然会很夸张，我也会因此感到有负担，这件事反而变得索然无味了。如果被人感觉到我是在努力搞笑，那这个玩笑就已经失败了。幽默应该像空气一样在生活中自然而然地流动。如果一个人的内心不够悠然自得，那么他是很难有这种幽默感的。所以，我努力不在日常生活中失去幽默感。我在拍摄现场也喜欢做一些缓解人们紧张感的搞笑事，我一边逗人笑，一边也在让自己笑。当人们因我的幽默而笑起来时，我会认为自己没有失去心灵的放松感并过着美好的生活，因此会感到很安心。

　　有关玩笑的话题我好像说得有点儿远了，再次回到夏威夷上来吧。在夏威夷行走的时候，我们几乎没有分开过，间隔最远也就才 10 米左右。因为我们是行走的精锐成员，可以聚在一起一边聊天，一边游刃有余地行走。这种时候我们通常会把手机留在住处，因为我们没有需要联系的人，而且我们都是一起出门徒步的，没有理由要查看电话。

　　在韩国的时候，我们偶尔忘带手机出门的话，是会一整天都感到不舒服或空虚的吧。但在夏威夷就不会这

不需要焦急地等待某人的信息，

也不需要不安地搜索其他世界的消息。

在夏威夷，

我把一天的时间都用在了吃饭、走路和笑上。

样，我们光是一起走路、一起吃饭就觉得足够了。大家在一起的时候都很开心，不需要焦急地等待某人的信息，也不需要不安地搜索其他世界的消息。

这样行走回来后，我们吃过晚饭，再喝三罐啤酒，就可以舒舒服服地放松下肢，然后去睡觉了。在我们的词典中没有被称为"现代人痼疾"的失眠症。只要一起吃好，用心走路，我们就能睡得很好。

在夏威夷，我把一天的时间都用在了吃饭、走路和笑上。我在夏威夷时就在想，好好感受生活各处的既"美味"又快乐的事情，这难道不就是幸福吗?

15 饭食自理

河正宇风格的
马马虎虎烹饪法

　　我喜欢自己做家常饭吃。因为我从上大学时起就开始自炊生活了，所以对我而言，做饭既是日常也是生活。对我来说，吃饭和走路一样重要，它们都可以让我获得生活的能量。就如同用我的双腿走路一样，用自己的双手做饭的过程也很珍贵。无论做出来的食物是美味还是难吃，无论是需要经过复杂的烹调过程，还是只简单地焯一下蔬菜，我都想用自己的双手去做，用自己的舌头去尝，我认为这是很重要的事情。

对我来说，吃饭和走路一样重要，它们都可以让我获得生活的能量。就如同用我的双腿走路一样，用自己的双手做饭的过程也很珍贵。

我从早上就开始做饭了。我绝不会漏掉一顿饭，特别是早餐，我一定要吃。早餐时我一般会根据冰箱里现有的材料，选几样拿出来煮碗汤喝。如果是在保姆阿姨要来打扫的日子，反正都要做饭，我就会单独在餐桌上简单地多摆一碗，让阿姨也尝一尝。照顾我们家生活的保姆阿姨很擅长用黄瓜或萝卜做凉拌菜，所以她经常会给我做几种可以配饭吃的小菜。我自己亲手煮的汤，再配上几道让人胃口大开的凉拌菜，这样的早餐就相当丰盛了。

冷冻室不只是用来冻冰块的

　　因为早餐的菜单是由"冰箱里装着什么"来决定的，所以我们家冰箱里的基本食材总是处于备齐的状态。我自己做饭吃，所以首先要把从市场上买来的食材按照便于每天使用的方式好好保管起来。我会经常使用黄花鱼、猪五花肉、猪肩肉、熬汤专用牛肉、大葱、土豆、洋葱等材料，为防止食材用完，我会格外注意它们。

　　我会将大葱、西兰花、彩椒等水分较少的蔬菜切成适当大小后放入冷冻室。有些人因厌倦了外卖和堂食，现在想在家里做点儿菜吃却又放弃了，或许正是因为从市场上买回来的食材很快就变质了。虽然他们把做饭剩下的食材放进了冰箱，但它们还是很快就蔫儿了，或是过了保质期变质了，就只能把它们直接倒进厨余垃圾桶。这样一来，做家常饭的意愿自然会受挫。将可以放在冷冻室里保存的食材分类后放入冰箱，这样可以更长久地维持"做适合自己身体的健康家常饭"的想法。

　　如果我买了法式长棍之类的面包，因为很难一次吃完它，所以我会立马把它切好并冷冻储存。如果你有在空闲时搭配着大蒜面包和法棍面包喝上一杯咖啡的朴素梦想，却发现某一天面包因长满霉菌而发黑腐烂，那么我强烈推荐你把面包冷冻保存。放在冷冻室里的法棍面包可能与最初的味道相比略微逊色，但它会带着自己的味道一直等到你有空闲的那天。每当想吃的时候，我就把它拿出来用面包机或小烤箱烤着吃，味道很好。

汤饭河老师[1]

　　我喜欢在热汤里泡上米饭，呼噜噜地吃。酒喝多了导致胃里翻江倒海的时候，或者因受寒而身体发虚的时候，人们就会吃汤饭。各种材料都柔软地在汤里被泡开，慰藉着疲惫又痛苦的身心，这就是汤饭的味道。我一边熬着汤，一边品尝，一边也安慰着自己。

　　熬汤要看冰箱里有什么材料，用这个还是用那个，选好后我就会用心去煮。在众多汤品中，主要有泡菜汤、萝卜汤、大酱汤、豆芽汤、干明太鱼醒酒汤等。特别是大酱汤，不管放什么蔬菜进去都十分合适，因此，根据买的食材，会生成多种多样的大酱汤菜单。撒上艾草，就是香喷喷的艾草大酱汤；把角瓜切片后放入锅中，就是角瓜大酱汤；放入满满的白菜，那就是白菜大酱汤了。今天如果想喝点儿特别的大酱汤，那就将胡萝卜、土豆、

---

① 此标题是在模仿韩国美食综艺节目《家常饭白老师》的名字。——译
　者注

要想防止食材腐坏就要善用冷冻
室。我会及时把大蒜面包和法棍面
包切好并放入冷冻室保存，想吃的
时候就拿出来用面包机或小烤箱烤
一下。

芹菜、萝卜、卷心菜全部放入锅中，以小银鱼、海带和
干明太鱼头作为汤底熬制出肉汤，再放入味噌酱，像煮
蔬菜汤一样熬得久一点，有着令人无法抗拒的酱香味的
特别版大酱汤就制作完成了。喝上一口，约一秒后芹菜

的香气就隐隐地飘到喉咙里，这感觉真好。

如果有吃剩的牛肉，就把它拿来做大酱汤。在大酱里加入肉类时，那种适当带点儿油光的胸口肉最为合适，浓郁的味道或许正是来自荤腥？

我还喜欢吃花蟹，所以我经常会买一些切好的花蟹放在冷冻室里储存，我煮的花蟹大酱汤味道也相当不错。前面我假惺惺地说自己是"汤饭河老师"，其实只要动手试一试，谁都能做得到。对我们来说，只要有大酱，就相当于已经开始施展饭桌上的魔法。打开冰箱门快速浏览一下，今天是用海鲜还是用肉制品呢？在两者之间做出选择，之后只要给我们选择的食材"洗个半身浴"，然后将它们各自原有的味道投入肉汤就好了。

为什么要放弃在家吃鱼的感觉呢？

我喜欢煎鱼吃，主要会煎黄花鱼或者青花鱼。很多人说在家里煎鱼会有很难闻的味道，烧焦的鱼皮还会粘在平底锅上，所以吃一顿后悔三顿，但事实并不是这样的。这是由不熟练造成的，在家里煎鱼其实是有窍门的。

为了防止鱼肉烂糊糊地全碎在平底锅里，我会在煎鱼前先把鱼沾上一些煎饼粉或油炸粉。这不仅可以防止鱼肉散开，还可以提前预防鱼皮烤焦后粘锅。这样我们就不会一边用钢丝球刷锅一边后悔了。在锅中放入沾了煎饼粉或油炸粉的鱼，淋上大约能浸过鱼身三分之一厚度的油，把鱼煎到有点儿像是炸过一样的程度，非常美味的煎鱼就做好了。

有时我不光煎鱼，还会炖鱼。现在我是和弟弟两个人一起生活，我弟弟也挺会做饭的。我擅长做炒菜，而弟弟则是做炖菜的特色厨师。所以偶尔想吃炖鱼时，我就跟弟弟说："要不我们炖鱼啊？"

弟弟是炖石斑鱼的专家。超市卖的鱼太小了，所以要到水产市场去挑选石斑鱼。带鱼也是一样，商场或超市里卖的带鱼都太小太贵了。在水产市场还能买到像长剑一样且厚实的刀鱼。偶尔着急想吃新鲜的鱼的时候，我会提前给鹭梁津水产市场里我经常光顾的店家老板打电话，问老板现在有什么好鱼，然后请他把鱼快递过来再做菜。

香菜烹饪法

我做饭的作弊武器就是香菜。在凉拌黄瓜里放上香菜，吃起来可以感受到惊人的和谐。

我吃方便面时也放香菜。原本我是想快点儿喝到又辣又烫的汤才煮了方便面，但有时方便面料包那种程序化的味道会卡在喉咙里，这时如果放点儿香菜进去，面汤的味道会变得更加人性化、更加自然而脱胎换骨。

让方便面变得"有机"的食用方法

谁说的来着，方便面是完美食品①。它既是一顿能让人吃饱的正餐，又是呼噜噜就能被解决掉的零食，还是一道与酒很配并且具有解酒功能的下酒菜。如此看来，

---

① 完美食品，又名完全营养食品或理想食品，是指单个种类就含有健康所需全部营养的食品。——译者注

在其利用率和作用上，它的确可以被称为完美食品。但在煮方便面时，需要增加一点儿自然的味道及人的手艺。首先，在煮方便面之前，我会先在锅里倒油，然后放入葱段，再将炸好的葱油倒出来。之后在葱油里放入方便面的料包，像做调料一样搅拌一下后倒进水里煮。那样的话，煮出来的方便面就会像手擀面一样，有种"有机"的味道。

我的下饭菜——茄子炒牛肉

写着写着，我总想起好吃的东西。我特别喜欢吃的菜中有一道茄子炒牛肉，这道菜要用蚝油做才好吃。没有蚝油的话，就在酱油中放入白糖、葱油、蒜泥等调味料，此处的关键就是日本昆布酱油。不要用老抽也不要用生抽，必须用日本昆布酱油，这道菜才会好吃。而且，炒茄子之前，要先用热水把它焯一下。由于生茄子会吸太多的油，不焯一下就直接炒的话，茄子会因油太多而失去原有的味道。

用手一条一条撕着吃的酱牛肉的味道

在美食界的"名人堂"中必不可少的一道佳肴绝对是酱牛肉。我连酱牛肉都会选择亲手制作。有空的时候我会一一剥好煮鸡蛋留以备用，忙的时候我会买一些已经剥好的鹌鹑蛋作为替代品，但我绝对不会放弃亲手制作酱牛肉的喜悦。

做酱牛肉时，首先要把牛肉放在冷水里，让血水排出来。然后在酱油中加入葱根、青阳辣椒、洋葱和蒜瓣，将它们咕嘟咕嘟地煮沸，此时加入少许味酥或烧酒。不要忘记，在放入肉之前要先尝尝酱油的味道。如果煮出来的酱油没有任何风味，只是咸或者因食材不协调而有苦味，就要果断地从头开始重新煮。如果酱油是中等咸度，又隐隐地散发着蔬菜的香甜，不要犹豫，放肉就对了。然后一直煮，酱牛肉就完成了！

牛肉冷却到一定程度后，要切成便于食用的大小。我一般不会用刀切，而是用手把它撕成一条一条的。跟泡菜一样，手撕酱牛肉也比用刀切得方方正正的酱牛肉更好吃。

　　你有没有把刚做好的热乎乎的酱牛肉和白米饭配在一起吃过呢？我小时候吃过的那次可能就是最后一次，长大后我就几乎没再吃过了。或许你对小菜店里卖的和餐厅里端上来的冷酱牛肉的味道会更熟悉些，当然，将鸡蛋黄捣碎在热腾腾的米饭上吃起来也很不错，但这些都比不上从煮沸的酱牛肉汤中捞出的酱牛肉的味道。

撒上香脆薯片的沙拉

　　一旦开始做饭，我的双手在厨房里劳动多少，就会归还多少到我的嘴里。在这世上，似乎并不会直接出现我选择多少、行动多少就能获得多少的结果。但烹饪不同，只要我稍微动一动，它便会原封不动地回报我的身体。烹饪很容易也很有趣，所以我总会试着去做些什么。

　　哪怕冰箱里只有黄瓜和芹菜，我也能做满满一碗沙拉。我可以使用市面上有售的调料，但沙拉酱的保质期一般都比较短，所以买回来放着不用的话就只能把它扔掉。其实，你不需要单独购买沙拉酱，只要有橄榄油和

试试把吃剩的薯片捣碎，像做脆片沙拉那样撒在沙拉上吃。薯片味道咸咸的，又保留了松脆的口感，所以吃薯片沙拉的时候，我的心情会变得很明朗。

盐就足够了。如果你想尝一尝与众不同的味道，不妨把吃剩的薯片捣碎，像做脆片沙拉那样撒在沙拉上吃。薯片味道咸咸的，又保留了松脆的口感，所以吃薯片沙拉的时候，我的心情会变得很明朗。

用一张墨西哥玉米饼制作而成的随心所欲薄饼比萨

如果你一个人住又很喜欢比萨，与其叫一整盘比萨的外卖而时常剩下，不如买点儿墨西哥玉米饼放在家里。将番茄酱轻轻涂抹在墨西哥玉米饼上，再撒满洋葱和奶酪。扫视一下冰箱内部，把蘑菇、香肠、萨拉米（一种腌制肉肠）等散发香气的食材追加在上面，放入烤箱烤 5~10 分钟，美味的薄饼比萨就诞生了。

不要为了摆一桌丰盛的菜而贪心。先做一道符合自己口味的食物怎么样？你为什么在没有小菜的时候只做炖土豆会觉得食之无味呢？其实，刚做好的热腾腾的炖土豆是会令人感动得热泪盈眶的。没时间熬肉汤做菜时，

将番茄酱轻轻涂抹在墨西哥玉米饼上，再撒满洋葱和奶酪。把散发香气的食材追加在上面，放入烤箱烤 5~10 分钟，美味的薄饼比萨就做好了！

就用市面上卖的锅底汤料包做肉汤，把冰箱里的蔬菜乱七八糟地放进去煮也能做好一道汤。尝一尝味道，如果觉得一般，就再想想下次做菜时要增加或减少什么。

做菜的好处是，即使你的这顿饭做得有点儿失败，下顿饭也一定能挽救回来。

16 煮出美味汤汁
那琐碎而伟大的秘密

从与美食店老板的对话中
学到的妙招儿

　　我平时喜欢去探访美食店，如果发现某家饭馆的菜里藏着惊人的味道，我一定会向老板请教窍门。如果他能把窍门透露给我，我到家后就会立马照做。我最近在全罗道的某家餐厅里喝的海带汤，香气扑鼻又爽滑可口。海带汤会越煮越香，是不是熬了很久才有这样的味道呢？我问了老板，但这并不是答案。其实诀窍就在于使用了淘米水。用淘米水煮出来的海带汤，汤水中会缓缓渗出米的醇香的气味，这种香味萦绕着海鲜和肉片，使汤变得更加高级了。

我还有一个秘诀也是用这种方式了解到的。有段时间，我和演员韩成天经常一起深入探讨怎么煮干明太鱼汤。成天在烹饪方面也是很有一套的。去夏威夷的话，我都会让成天担任"御膳房最高尚官"的角色。一直以来，我们都致力于探究如何才能像汉南洞的美味干明太鱼汤店一样，熬出乳白色的汤汁。我们在家里自己做干明太鱼汤的话，不知为何总是做不出像牛腿骨汤一样的白色汤汁。于是他想尽办法去熬汤，但到最后还是直接问了老板。

干明太鱼汤店的秘密武器是苏子油。

回到家后我立马开始用咸明太鱼做试验。比起松软的干明太鱼，我更喜欢半干状态的咸明太鱼，所以家里总是备着咸明太鱼。去夏威夷的时候，我也一定要准备40条左右。咸明太鱼不用特地进行烹饪，直接撕开吃也很好吃。这世上再没有什么啤酒的下酒菜可以替代咸明太鱼了。鱼头和尾巴可以用来煮肉汤，把鱼肉剔下来可以做啤酒的下酒菜，鱼皮用燃气烤锅烤着吃也是别有风味的。有时，我会把鱼尾巴给我家的狗吃，它们也像我

一样是咸明太鱼的爱好者。所以说，咸明太鱼的价值相
当于一头牛。

　　总之，将珍贵的咸明太鱼用手撕开后，放在苏子油
里滋滋地翻炒一下，炒到差不多的程度后就开始倒水。
这时切记，水不要一次性倒完，要一点点地边煮边倒。
先稍微倒一点儿，咕嘟咕嘟地烧开后就再加点儿，再烧
开再加。反复这样做的话，汤水不知不觉就会变白了。
如果再放些泡菜进去，就成了泡菜干明太鱼汤；如果放
入鸡蛋，就成了香喷喷的鸡蛋干明太鱼汤。

　　当然，即使用一次性倒满水后煮开的方法也能做出
干明太鱼汤。不过，要想熬出乳白色的汤汁，是需要花
点儿时间的——先把鱼放在苏子油中炒，再一点点地加
水。这需要有耐心。

　　刚开始你可能不敢尝试这种需要注意细节的烹饪。
但和走路一样，做菜也是做一遍就会让人产生某种惯
性，继而接着做下去的。我把时间花在自己吃的饭上，
这是比想象中充实得多的事。

17 晨间步行
与棒球

秋信守和我的
人生曲线

　　早上在跑步机上跑步时，我主要会看棒球比赛。眼睛看着棒球比赛，双腿不停地运动。在这种小小的日常里，我能感受到特别纯粹的喜悦。在韩国棒球队中，我支持 LG（乐金）双子队；在美国职业棒球大联盟中，我支持得州游骑兵队。而且，我是秋信守的粉丝。从秋信守出道起，只要有他参加的比赛我就一定会看。长时间地观察他后，我发现他和我有很多相似之处，或许应该说是我们彼此的人生曲线相似地重叠着。

　　1982 年出生的秋信守在 2000 年以 19 岁的年纪登

上了韩国飞往美国的飞机。①很长一段时间，他都在美国
职业棒球小联盟中苦苦挣扎，以寻找机会。而我那时刚
从部队退伍，结束了大学时光，到处寻找可以表演的舞
台和作品。2005 年，秋信守加盟西雅图水手队。同年，
我在尹钟彬导演执导的电影《不可饶恕》中担纲主演，
继而开始受到电影界的关注。2015 年 7 月 22 日，我的
第一部"千万电影"《暗杀》上映当天，秋信守在一场
比赛中完成了一垒打、二垒打、三垒打及全垒打的全部
安打，创下了完全打击的纪录。在秋信守摆脱低迷状态
开始活跃的同时，得州游骑兵队也进入了当年的季后
赛。我也凭借电影《暗杀》完全摆脱了因《群盗》
和《许三观》的票房未达到预期而萎靡的时期，重新振
作起来。秋信守和我的人生曲线如此微妙地相似，如果
硬是要将这与粉丝（我）的内心想法扯到一起，那就是
这样的。

---

① 韩国人按照出生时即为 1 岁来计算年龄。——编者注

与得州游骑兵队的秋信守选手见面。

我希望秋信守能取得好成绩。

我给他加油，就等于在支持我自己。

但对我来说，这些相似之处是可喜的，也是宝贵的。无论是秋信守遇到难关，还是他尝到惊心动魄的胜利的滋味时，我都像自己在经历这些事一样感觉心潮澎湃。我希望秋信守能取得好成绩，我给他加油，就等于在支持我自己。所以当知道他的联系方式时，我就把这些故事一字一句都写好了，用短信发给了他。后来，我从秋信守那里得到了回信。一段时间之后，我们还见了面。这大概就叫"追星成功"吧。我现在仍然以他的球迷的身份来热情地支持着他。

不久前，铃木一郎选择了暂时隐退。他是 1973 年生人，在 45 岁的年纪以西雅图水手队特别顾问的身份告别球场，因深切地感受到岁月的重量而低下了头。这么快就如此了啊……现在，与我年纪相仿的运动员都渐渐退出历史舞台了。翻看老选手的成绩时，我偶尔会感到惋惜和落寞。

我今天也在跑步机上看了棒球比赛。棒球选手们的奋斗，不知何时会结束比赛的紧张和惊险，如果不能把握好机会就会很快出现的危机，顺利度过危机就会出现机会的游戏法则，提前结束比赛的凄惨败北和惊心动魄的大翻盘，我支持的选手的退役……这一切都刺激了我的生活，让我的双腿越发有力。

在这本书即将收尾之际，我又看到了铃木一郎计划在下一年的日本揭幕战中以选手身份参赛的新闻。果然，"棒球即人生""棒球是从第9局下半局两人出局时开始的"①这些话并非空穴来风。

---

① 一场棒球比赛最多只有9局，所以在第9局下半局还有两人出局的情况下，一旦再出局一个人就达成三人出局，比赛终了。"棒球是从第9局下半局两人出局时开始的"有种置之死地而后生的意味。——译者注

我今天又来看棒球比赛了。棒球的一切都刺激了我的生活，让我的双腿越发有力。

迈出一步
就成功了

在被子外面感到
难为情的日子

还有像走路一样容易的事吗？路无处不在，只要双脚踩在地上，两腿交替运动就可以了。你不一定要去健身房办卡，也不需要购买专门的运动器械。所以，我经常劝身边的人多走一走。这是我所知道的让身体变得健康，让心情也变得更加愉悦的最简单的方法。

但我偶尔还是会遇到觉得出门很困难的人。他们说"我的梦想是与床合为一体"，假日里就整天躺在床上过"卧式"生活，连让疲惫的身体起来都很困难。他们还会说，河正宇是有约会的话会从江南走到麻浦的人，

所以我是绝对不会理解他们的这种心情的，然后用哀切
的眼神看着我。

我怎么可能会不知道呢？

我当然也有过那样的日子：睁开眼睛的时候，感觉
全身就像灌了铅似的沉重。在那种日子里，我内心郁结
难舒，闭着眼睛在被窝里一动都不想动。有时，这种日
子不只有一天，而是第二天也这样，第三天也这样，然
后了无止境，一天天地积累下去。这是我想一整天都待
在家里无所事事的日子，不知为何，我觉得家外面的世
界都很陌生，只有自己的房间最安全。

但现在要是遇到那样的早晨，我会停止思考，先从
原地站起来。因为我知道，重的不是身体，而是想法。
所以我应该稍稍安慰自己，说服自己，先把自己带离躺
着的位置。

此时，用"得去走路……得赶紧洗漱一下，出去处
理积压的事情……"等想法给自己施加压力的话，结果
只会适得其反，只会让人越发讨厌动弹。

先试着这样说服自己如何呢？如果躺得太久，腰和头就都会很痛，所以试着在床上稍微起身。身体反抗的话就让它安心："噢，别担心。我现在这么累，又不是要去流汗走路。只是稍微起身坐起来而已嘛。"

至此，身体如果听话，就会对直起上半身坐着的位置再进行一次协商。像我的话，稍微活动一下就会站上跑步机了。当然还有沙发或床角可以坐，但只要移动到跑步机上，我就有种"睡醒了"的感觉。

坐在那儿傻愣愣地看着房间的墙角发呆，睡意会渐渐消失，但开始回过神来我就会感到全身疲惫酸痛，光是这样坐着也总让人觉得很厌烦。但只要穿上运动鞋，站上跑步机，想走一走的想法就慢慢出现了。

站上跑步机，按下电源开关，让双腿动起来。只要迈出第一步，第二步就会跟上来，前面的步伐会召唤后面的。这样一来，我马上就想再加快速度走一走了。我按下加速按钮，试着开始快步走。身体里蔓延着令人愉悦的热气，我能感觉到屋子里面有点儿闷。刚才我还想躺在床上一动不动呢，现在觉得好神奇，我突然想出门好好走一走了。

在地上迈出一步，只是试着伸出一条腿深呼吸一下罢了，我却在不知不觉间已经走了好几个小时。大地就像大自然创造的天然跑步机，一旦我迈出去一步，大地就自然地撑起我的身体，推着我前行。

今天早上我真的身体重如千斤，心情郁闷吗？现在不是如此轻快地走着路吗？

我在早晨时常有想躺在床上的想法。

"再躺一会儿吧，就今天一天……噢，但我为什么总是这样呢？"

有这些想法的话，总是会失败。

那要想战胜这些消极的想法又该怎么办呢？应该要有与此相反的健康想法吗？比如关于晨练的好处？

"早上锻炼身体就能健康起来，认真地开始一天的生活，那就起床吧！你一定能做到的！"

但好像又不是这么回事儿。这种想把我困倦的身体赶快推出去的话，对身心俱疲的我来说是行不通的。以我的经验来看，单纯的行动和决心比它更有力量。

先起身。

然后伸展双腿，迈出一步就好。

当这些行动成为每天都在延续的习惯之后，即使不做特别的努力，我也能起来出去行走。养成的习惯可以减少不必要的思考步骤。我们有时会被接二连三的想法禁锢，白白浪费时间却无所作为。难过时把自己关起来，一动不动地成为自己亲手建造的"监狱"的"囚徒"。这些也都是习惯，它会让我们随着自己培育出的绝望一起逐渐退化。但当行走成为习惯后，我不用去苦恼，也不需要下定决心，身体会自然而然地运动起来。

我不应该在我的状态很好，各种条件也都具备时才去行走。为了日后当我真的跌落谷底，情况很糟糕时，我也能像惯性一样、像习惯一样地走下去，我今天也要行走。

有时我走着路，"就走到这儿为止呢？"的想法会突然涌上心头。有时我在走路之前，"要不今天就不出去了？"的诱惑会蔓延开来。但我对走完这条路时的喜悦和意义了然于心，所以我会不停走下去。而且我知道，

站上跑步机，按下电源开关，让双腿动起来。只要迈出第一步，第二步就会跟上来，前面的步伐会召唤后面的。先起身。然后伸展双腿，迈出一步就好。单纯的行动有着强大的力量。

这些妨碍行走的想法很快就会消散。

迈出一步就能走出去。

所以我想劝你，在怎么都不想动弹的那天早上，还是先起床，迈出一步试试看。这一步也许是最沉重、最艰难的，但你很快就会有所领悟。比起让我倒下的力量——脑海中久久不息的烦恼和借口，将我的身体向前推进的力量更为强大。

19 累了，
是该走起来了

又忙又累，
例行程序！

　　在切实被制造出的外部环境中单纯地展现才能、心情和情感的行为，所谓演技似乎并不是只有这些。拍情感戏时，演员或多或少都有些稀奇古怪的经历。理性上肯定是很清醒的，但身体会随着感情线的推进而产生激烈的反应：呼吸急促，心跳加快。我的身体几乎原封不动地再现了我所扮演的人物，甚至连身体反应都是如此，这是件很神奇的事情。毕竟，人的身体受精神支配，会患相思病，甚至是假性怀孕。

　　特别是在某些时候，我能明显地感觉到，心脏会根据我所饰演人物的感情做出不同的反应，因此我很难控制它。我甚至还隐隐地有些担忧，如此恣意妄为下去，万一得了心律失常该怎么办。在日常生活中，能有规律地训练并稳住我随时都会发生剧烈跳动的心脏的，就是走路。

演员这个职业还有一个特别之处。艺人经常会受到大众的关注和评价，因此精神上的免疫力似乎很容易下降。自信心会被消耗殆尽，面对来自外界的刺激，心情波动，有时会莫名其妙地变得不安。之前所实现的东西都如梦幻泡影般破灭了，感觉自己一直以来在做的日常工作都太难了，举步维艰。事实上，这种症状不是只有艺人才会有的问题，而是很多被过度工作和情绪波动困扰的现代人共同面临的问题。

如果陷入这种通常被称为"burnout"（心力交瘁）或"压力症候群"的状态，就必须立即找到解决办法。但很多人都认为这只是单纯的肉体疲劳，于是什么都不做，只想躺着休息。极端疲劳时，很多人都意外地选择了"让身体一动不动的方法"，要么继续吃，要么整天睡，要么呆呆地看着电视。若是这样，你就会觉得明明休息了，却总感觉并没有什么起色，即使到了必须回归日常生活的日子也只是想逃跑，并惊讶于不知道为什么休息得那么充分却还是觉得很累。

当然，在某种程度上，放任身体不管的确会让肉体疲劳得到一定的恢复。让身体某部位剧烈活动过的肌肉暂时休息一下，马上就能恢复到可以继续活动的状态。但当精神能量枯竭时，用这种方式是绝对不会使它恢复的。总而言之，漫无目的地一味待着并不能解决任何问题。当然，我也不是没有"想一动不动蒙在被子里"的时候，这是从产生"这么累还动什么，怎么动啊"的疑惑开始的。

但是从某一天开始，每当感到疲惫时，我心里就会反复这样想："哎，太累了……该走一走了。"

越是疲乏，我就越是不想坐下或躺下，而是先努力站起来。当感到心力交瘁时，我反而会穿上运动鞋出门。用力挥动胳膊和腿，全身上下像灰尘一样粘在一起的烦闷会被一扫而光。就这样走着走着，锈迹斑斑的身体和心灵便开始变得润泽。

让我们好好观察一下身心俱疲时会出现的症状：原来让自己觉得好奇、感兴趣的东西都变得无聊了；对所有事都很冷漠，明明没什么大不了的，但心里却很不耐烦，对周围的人颐指气使；哪怕只是个很小的变数，也会因此感到绝望，眼前一片漆黑……这一切都是我的身心要求我"转变"和"休息"的信号。这时如果只是在房间的角落里静静地躺着，或是坐着等待转机的出现，那只会让思绪更加沉重，心情更加低落而已。继续躺着，会因躺着而变得疲惫；继续坐着，会因坐着而变得倦怠。这样做的结果只会原封不动地回到自己身上，这是恶性循环的开始。在身陷这样的泥沼之中时，不应将自己寄托于变化无常的感情中，而是要制订有规律的例行程序，将自己的身体和日程配合安排好。

我觉得人并不强大，人是很容易因各种因素而变得不安的。就如同天气一般，每天都会有不同的事情摆在我们眼前，我们的身体和心灵要想不受到任何影响是非常不容易的。变化是极其自然的事情，但不能让船被微小的浪花卷走，因此有必要牢牢地抛下船锚。

对我来说，日常的例行程序是具有船锚功能的。即使是在危机状况下，只要重复之前每天都在坚持的例行程序，就能隐约看到回归日常生活的希望。事实上，我所认识的一位精神科医生也会建议那些焦虑性神经症患者，无论做什么事情都要设定好例行程序，不管情绪如何都要无条件地去遵守这些例行程序。

我所遵守的例行程序如下：

○ 早晨起床后先在跑步机上边走边热身。

○ 早餐一定要按时吃。

○ 在去工作室或电影公司上班的路上，只要没有什么事就选择步行。

所谓例行程序，就是指不管自己身边发生了什么，无论这有多让人头疼，都要无条件地去做的事。它是在烦恼和忧愁像雪球一样越滚越大之前，如同拴牢的缆绳一般的事。

虽然在要立马出去走走的时候，我们会想着"我是

每次在百思不得其解时，我就照旧出去走路。

在如同思绪般的路上打转时，似乎没有比用两条腿走出来更好的办法了。

为了看什么电影吗？明明这么累、这么辛苦，还要如此满怀激情地出门……"而心情烦躁，但在回来的路上的想法会与出门时有很多不同之处。而且如果例行程序能成为一种习惯，那么每当我们遇到困难时，我们就会先行动起来，而不是去犹豫或胡思乱想。

例行程序的力量就在于，当复杂的思想侵蚀了头脑或意志力减弱时，它能让你率先付诸行动。越是在遇到我生命中的决定性问题时，就越是要学会让大脑停下来，不要让思想的体积变大。生活中存在只有置之不理才能解决的问题。也许在人生中，我们只有不去触碰，要静静面对才能解决的问题有 80% 以上，所以即使着急，我们也要先忍住。

如果一直想下去，一时半会儿也得不出答案，我就会穿上运动鞋出门。我们在生活中会遇到很多即使喃喃自语也得不到答案的问题。明知是需要时间的问题，我们却因为急于解决它而无法停止思考。也许在那一刻，我们不是在寻找答案，而是在被问题牵着鼻子走。

每次在百思不得其解时，我就照旧出去走路。在如同思绪般的路上打转时，似乎没有比用两条腿直接走出来更好的办法了。

所以在我们遇到困难的时候，不要让脑海中浮现在床上摆"大"字的样子，而是出现走路时的形象就好了。虽然此时我们痛苦得死去活来，但在大部分情况下我们至少都还拥有着能走动的力量。而且行走能起攥住人类这种动物的发条的作用，并给予我们在立足之处继续坚持前进的力量。

我知道，正在读这本书的你，今天或许也度过了不容易的一天。

我也是如此。

所以，我今天也如祈祷般、如发誓般地说出来："累了，是该走起来了。"

20 虽然没能让所有人
都笑出来

非要绕弯子
的理由

那是在结束《柏林》的拍摄后从法兰克福返回韩国的飞机上，在下部作品开拍之前，我意识到自己有了为期6个月的不算短的假期。2011年，我拍了4部电影。这是我在《柏林》中不遗余力地拍摄完激烈的动作戏后时隔很久才出现的空闲时间。

我得考虑我的下一步。做点儿什么呢？去哪儿待着我才能感觉好点儿呢？

此时让我感到疲惫的是我的傲慢与骄纵。从2005

年担任《不可饶恕》的主演一直到拍摄《柏林》的这段
时间，我受到了言过其实的称赞。作为演员我已经站稳
了脚跟，现在我甚至到了可以选择自己喜欢的作品的位
置。但到了拍摄现场，我却感到异常辛苦。从某一天
开始，我突然感觉自己即使不能百分百地同意导演的指
示和方向性，也还是要按照现场的节奏和工作人员的期
待去做。虽然这是只有我自己才能感知到的心中的微小
波澜，但我却因此独自承受着巨大的压力。

怎么回事？我为什么会这样？拍戏再怎么累，我也
从来没有过这样的经历，在对待身边的人时，我甚至有
些神经质，变得无限敏感。

现在我该怎么办？应该休息吗？还是去接受一下短
期语言培训再回来？要去旅行吗？

经过反复思考，我得出的结论是，我应该尝试亲自
做导演。在回首尔的飞机上，我已下定决心要当6个月
的电影导演了。

虽然这个想法很突然，但它也不在意料之外。我早
就打算好了，有朝一日我不仅要演戏，还要当导演。但

我觉得那应该是我头发花白、年老后的事情。这比预想
来得快。比起以演员的身份在失去影响力时去做导演，
我更想现在就果敢地去挑战，使自己变得更耐打，即使
这有点儿累。所以我真的很想在上了年纪的时候能拍出
适合自己的电影。以导演的视角站在监视器前，演员的
位置看起来也变得焕然一新。经过这件事，我好像变得
和不了解演技的时候完全不同了。

　　"我现在需要的不是旅行或休息，而是去做导演。"
　　我有了近乎确信的预感。

　　我一回国就开始写剧本，刚好拍摄《柏林》时跟我
合作过的柳承范给我讲的那个故事当时一直萦绕在我脑
海中。他说他曾乘坐从东京飞往金浦的飞机，但因飞机
遇到两次台风，所以原本只要2个小时的行程却用了9
个小时。就编写成封闭空间里发生的闹剧怎么样？感觉
写成黑色幽默应该会很有趣。我因为在大学时期表演过
话剧，所以并不感觉迷茫。随着话题的确定，剧本的进
展很快。我只用了两个月就完成了剧本的创作。从我体
内爆发出如此多的人物和台词，这真是令人感到兴奋，

妙趣横生。这就是我的导演处女作《过山车》的开始。

重点是时间。5个月后，我必须开始拍摄《恐怖直播》了。而我自己的电影目前准备好的还只是剧本，这就跟润色前的初稿没什么两样。但5个月后我就要去拍电影了，时间绝对不够。我原本想着肯定是要拍成短片了，就预算了一下费用。但可能是因为该片大部分的戏份在同一个摄影棚内拍摄，我得出的结论是，即使拍成长篇电影，制作费也不会有太大的差异。那就以长篇电影的形式来拍摄看看？就这样，事情变复杂了，我无所畏惧地接受了电影导演这一挑战。

准备期开始了。剧本润色、制作分镜头脚本、剧本研读等，这些都是提前准备好拍摄所需的所有内容的过程。从那时起，巨大的压力和强烈的悔意涌上我的心头。"我是疯了吧。我为什么要做这么辛苦的事？还不如就好好休息啊。"从头到尾负责一部电影的制作过程并不是件容易的事。

每天去上班，我都要继续和工作人员、演员们开会。需要讨论和决定的事情无休止地涌现，但我在修改和完成剧本的过程中学到了很多。作为编剧和导演，听取工作人员的多种意见，把情节和人物塑造得更加有个性和更加丰满，是一项非常有意思的工作。最重要的是，我从决定出演的演员那里得到了很大的帮助，我们每周会聚在一起进行 5 次以上的剧本研读，仔细修改台词以使它们变得更加顺口。

但我还是感到很艰难。最令我感到艰难的其实是人们的视线，我周围的 100 人中有 98 人都很担心说要当导演的我。

"作为演员，在事业蒸蒸日上之时把眼光投向别的地方没关系吗？多演一个好角色是不是更好呢？"

"难道不会白白辛苦，然后以失败告终，最后导致演员生涯出现问题吗？"

"导演以后也能当，但你作为现在这个时期的代表，你所能饰演的角色都是有期限的。不要对当导演这件事太过投入。"

这些都是正确的说法。"正宇，你是怎么走到今天的呢？"我耳边传来了他们充满善意的忠告，他们希望我不要在有风险的道路上越走越远，自讨苦吃。

面对新的挑战，我怎么可能无所畏惧呢？但是，将迄今为止所做的工作都顺利地进行下去，对当时的我来说并不重要。即使跟跄跌倒，我也想越过横在我面前的任何一堵墙。

当导演这件事，我觉得只有现在做到，我才能更上一层楼。

结束了准备期的工作后，我正式投入了电影《过山车》的拍摄。拍摄集中进行了 3 周。由于时间和条件有限，所以我在每个环节上都使出了浑身解数。无论是拍摄时还是休息时，为了不错过演员们的表情，我都在努力着。我通过观察他们细微的表情变化，确定他们现在的状态是否还可以，能否将原本的能力发挥到极致。原来在导演的眼中，自己选出来的演员的表情和动作都是如此的与众不同。到目前为止用这样的视角观察过我的导演们的脸突然在我的脑海中闪过。决定出演《过山车》的演员中的大部分都是我的朋友或后辈，我只能在拍摄现场帮助他们安心地完成自己所扮演的角色。

　　有一天，一名工作人员过来对我说，作为导演的我现在看起来真的幸福得很纯粹。实际上就是这样的。镜头回放时，我站在后面看着现场，与工作人员对视交谈，这令人既激动又高兴。站在导演的位置上看着演员们，我还能想象到我之前是如何表现的。导演的作用是什么，制作电影是什么，我能够生动地感受到这一切。位置转换之后，电影这个世界也向我露出了它完全不同的面孔。

　　从拍摄结束到上映之前的这段时间还算充裕，所以在后期制作上自然要多下功夫。我在剪辑的过程中切身感受到的事实是，如果剧本本身有问题，那么后期制作再完美也没有用。心里明白和亲身体验的确是两码事。在结束后期台词录音、录音合成（由人用工具或身体将电影背景中发出的声音直接制作出来，是为了真实而戏剧化地呈现风声、打耳光的声音等而人为地制造声音的过程）、配乐制作等工作，并进行混音之后，我才仿佛看到了电影的真身。主演虽然在电影中占有很大的比重，但也只是一部分而已。作为导演，在参与了所有环节后，我才感觉自己真正摸到了电影这头巨象的每一个部位。

可没想到，电影上映后我却听到了"这到底是个什么片子，我不太清楚"的评价。当然也有在看电影的时候一直笑，说这部电影"很河正宇"的人。我又再次体会到了这种差异。世上的所有人不是我，我深深体会到了这个极其理所当然的事实。

我希望把《过山车》拍成一部性格傲慢的人和有故事的人在各自的位置上喋喋不休吵吵闹闹的电影。大部分的喜剧公式是，只要搞笑一次就休息一段时间。但是我抛弃了那个公式，在这部电影中，不仅是主人公，就连配角们也在不断地说出台词。这部电影的台词速度非常之快，而以这样的速度发展下去的喜剧虽然让我笑了，但并没有让大家都笑出来。

当我站出来说要尝试当导演的时候，周围人所担心的情况或许就是现在这样的？但是，经历这一切后，世界显得完全不同了。从长长的隧道中走出来，我才感受到视野的开阔。演员兼导演河正宇的全新电影人生开始了。

两年后，我拍摄了自导自演的第二部作品《许三观》。

21 解读并存储
别人表情的工作

以导演的眼光
坐在椅子上

　　我还不是一名成功的导演。作为导演，我才刚刚踏上漫长的旅程。但不管票房多少，也不管别人的评价如何，我都制作了《过山车》这部电影，以电影导演的身份出道，并对电影有了更深的理解和喜爱。而且回顾那段时间，最让我印象深刻的风景果然还是演员们的面孔。那时对我来说，拍摄现场的风景都是由一张张面孔组成的。

　　我平时也有留心观察人们表情的习惯。人们时时刻刻发生着细微变化的表情会传达出很多东西。我观察着一个人眉毛的挑动，看向各处的目光，鼻梁上凝结的汗珠，嘴唇皱巴巴的形状，并想象着我绝对无法踏足的那个人的内心世界。也许这也是演员的职业病。在拍摄现场，这个习惯有意识地、积极地发挥着作用。

我们从早上 7 点开始聚在一起练习。因为是早晨，演员们都还没睡醒，所以很多时候他们并没有处于最佳状态。但是演员不可能总是在最佳状态下表演。为了让大家在任何时间、任何地点都能迅速进入状态并立马开始练习，我特意让他们在一大早就聚到了一起。另外，比起电影，有些演员更熟悉话剧舞台，所以他们需要时间去准备，让自己能够适应镜头。在蒙蒙亮的早晨我遇见的那些疲惫的面孔，以及这些面孔随着时间的流逝柔软地放松、变得自然的瞬间，我都记得。

有一天，电影《国家代表》、"与神同行"系列的导演金容华给了我一份特别的礼物——一把导演在拍摄现场盯监视器时使用的椅子。当然，并不是所有的片场都使用这种椅子。金容华导演为我找来了高度合适的椅子，它比一般的椅子高一些，我坐上去和旁边并排站着的人的视线一样高。演员们在休息或化妆时也会坐在这样的椅子上。

在片场，为什么导演和演员要坐在这么高的椅子上？这是比其他工作人员更特别、更有地位的象征吗？

绝对不是这样的。那是因为在现场的其他工作人员大多都站着工作。想象一下，如果使用一般高度的椅子会怎样：每次来到导演身边说话时，工作人员可能都要弯腰或者弯腿站着，给演员化妆的工作人员也要长时间以不舒服的姿态工作。当导演和演员坐在摆放在拍摄现场的椅子上时，他们刚好处于能够看到旁边所站之人的眼睛的高度。

我把收到的导演椅带到了我的工作室。没有拍摄日程的时候，我也经常坐在这把椅子上打发时间。虽然这份送给我的礼物是让我在片场执导片子时使用的，但不知为什么，我只要坐上去就会变得快乐、舒心。大概是在现场时，从远处跑过来与我对视并进行无数次交谈的工作人员的脸庞都浮现在我眼前的缘故，这把椅子像魔法一样重现了拍摄现场那种融洽又热烈的氛围。

执导下一部作品时，我也会坐在这把椅子上。到那时，呈现在我眼前的又会是怎样的风景呢？

在拍摄现场，身为导演的我用两种不同的镜头拍着电影。一个是摄影用的镜头，另一个镜头就是我的眼睛。

22 不成为上级的
方法

让出位子的人
如此美好

　　这是拍摄《许三观》时发生的事情。因为我是《许

三观》的导演及主演，每场戏结束后，我都必须亲自喊

出"cut"（停），再出来看监视器。导演的座位当然

是空的。但是当我结束表演前往监控区时，我看到工作

人员们正聚在空荡荡的导演座位周围查看监视器。灯光

组、摄影组、美术组、道具组、服装组、化妆组等各组

组长，都会对这次拍摄的部分进行细致的核对，然后讨

论下一步该如何修改和进行。

　　虽然这是因为我既是导演又是主演而偶然出现的场

面，但我想或许当导演这件事就是这样的——所谓电影导演的位置就是空出来的。各部门自主协调，自然运转就足够了，导演没必要站在最前面，一边挡住监视器，一边高声向工作人员下达指示。我对导演这份工作有了新的领悟。

更进一步地讲，制片人可能是连自己放在拍摄现场的椅子都会悄悄地往后挪的人。好的制片人不是坐在最便于查看拍摄现场或监视器的地方，对工作人员和演员进行监督和管理，而是会腾出自己的位置往后退一步，鼓励导演、监制、演员自己去创造最佳的成果，努力营造这样的氛围。

但这只是个理想，事实上，制片人很难就这么往后退。因为这么做的话，一不小心就会搞得制片人本人好像无事可做一样。演员在表演，导演在执导，工作人员各司其职，但制片人在现场却理所当然地无事可做。这时，只要是人都会有这样的想法。

"哦？总管这部电影的人是我，但为什么我却无事可做呢？""他们莫不是把我忘了？"

　　此时，很多制片人会因自惭形秽而开始"参与"其中，他们想展现出自己也是在这个现场发挥着作用的重要人物，因此开始喋喋不休地唠叨。

　　当制片人开始如此多余地插手时，在场的人又会做出怎样的反应呢？演技受到指责的演员自然会感到不舒服，导演则会倔强地回答"我会自己看着办"。如果这些瞬间堆积起来，制片人就会给现场工作人员带来不便。那么制片人会察觉到这种气氛，并注意从下次开始不再这样做吗？

　　绝对不会这样。其他人的反应越是冷淡，就越是无论如何都想为了产生更大的影响力而提高嗓门的那种人，我们称为"上级"。

　　制片人一开始就要清楚如何定位自己。无论电影的漏洞和缺点有多么明显，他都另有可以开口的机会。在那个时机到来之前，他绝对不能开口。名字会出现在电影中的各部门工作人员及演员，在这些人的花朵各自盛放之前，制片人要安心等待才行。这不是勉强扒开花蕾，让蜜蜂挤进去就能解决的。制片人的使命是为人们提供一个能够自主行动的平台，并维护这一平台的领域。

　　那我又会成为怎样的电影制片人呢？我当过演员和导演，我清楚地知道，在这两种人眼中，制片人是怎样的存在。我想成为一位了解自己的位置，又懂得安静地为他人让出位子的制片人。

**23 你相信
语言的力量吗?**

走在城市中心,
惊悟

　　走在城市中心,偶尔有需要穿越人群的时候。此时,
虽然我的身体掠过人群的瞬间很短暂,但三五成群的人
们对话的内容有时却会深入我的耳朵。捕捉到这些偶然
间听到的杂乱无章之语,我会产生各种想象。我会想象
说话之人当时是处于什么情况之下才会说出这样的话,
以及他那独特的口音、语气,此外,我还会反复揣度一
些不常用的单词。

　　我平时也很喜欢观察人。可能是因为我有这样留心
观察和反思人们的表情和言行的习惯,那些不知道是谁

说过的令人印象深刻的话会一直萦绕在我脑海中。

　　但偶尔我也会遇到像吐唾沫一样随口骂人的人，我甚至想马上回家洗洗耳朵。虽然这话不是冲着我说的，但我听到这些的瞬间心里也不是很舒服。仔细观察一下，他们也不是因为真的生气才会用那样的污言秽语，只是为了炫耀自己的力量而让每句话都掺杂着脏话。纵然那只是个口头禅，我也完全无法接受。因为我经常在剧中饰演骂人的角色，有人认为我在日常生活中说话时也会适当地夹杂脏话和粗话，所以他们在面对真实的我时会感到很意外。但我相信，即使是没有什么意义的话，一旦被说出口就会产生某种意义。

　　语言是有力量的，自言自语也一样。好像没人能听见它，但它最终会回到说话之人的耳朵里。世上没有任何人都听不到的话，当一句话脱口而出传到空气中时，它就开始发挥它的影响力了。批评有伤害人的力量，称赞有激励人的力量。因此，为了不引起对方的一些不必要的误会，我们要尽可能地去仔细斟酌，真实并诚实地把话说出去。这就是我害怕那些像口头禅一样的脏话，以及为了显示自身力量而去滥用语言的原因。

　　有的人说完话总是会如到了世界末日般地唉声叹气，也有人总把"哎哟，完蛋了""日子真是没法儿过了，我怎么这么倒霉"之类的话挂在嘴边。还有人对所有事一味地做出否定回答，如果有人给他提出什么建议，他就会用"那不行""我做不到"之类的话来保护自己。这不是在仔细衡量过自己能否做到，判断了自己的能力值之后才说出的话，而只是口头禅。

　　对话语的不同态度，既体现一个人想法和性格的尺度，同时也会对听到这句话的对方产生影响。一声叹息，或一句不耐烦和否定的话，都会让听者意志消沉，使"情况真的很糟糕"的感觉传染开来。

　　语言的力量有多么强大，我们每天都在体验着。看看那些网络上像嚼碎的口香糖般散落各处的恶意留言与回复吧，那些人满不在乎地曝光或人肉搜索他人的个人信息，诋毁、恶搞或辱骂他人。这些话不仅伤害了那些被当作攻击对象的人，也伤害了那些偶然读到这些话的人。它们传播着不愉快的气氛，让世界变得如此冷酷，我们随时都有可能成为被攻击的对象，甚至会感到恐惧和不安。那些带着残忍的恶意留言，躲在匿名背后肆意指责他人的人，可能并不知道他们自己正在变成怪物。

　　我饰演江林一角的电影《与神同行：罪与罚》，以韩国固有的世界观为背景讲述了人类在死后的 49 天内需经过 7 次审判的故事。死者分别要受到杀人地狱、懒惰地狱、欺骗地狱、不义地狱、背叛地狱、暴力地狱、天伦地狱这 7 个地狱的审判，只有顺利通过这一切才能转世投胎。

　　在杀人地狱中，不仅是直接杀人，就连间接杀人也被视为有罪。如果说某个言行是将某人逼上绝路的原因，那么说出这种话或做出这种行为的人当然就是杀人犯。朱智勋所饰演的解怨脉在向车太铉所饰演的金子洪解释这种间接杀人的说法时说道："所以说不能随便在网上回帖！这些都会留下记录的！"这个部分是我向金容华导演强烈提议而增加的场面。希望来到电影院的观众在愉快欣赏电影的同时也能思考一下，在说出来的瞬间不会轻易消失、将永远流传在世的话语的力量。

　　语言是有力量、有灵魂的，我把它称为"言灵"。"言灵"有时会在我们意想不到的地方出现，证明自己的权力，把我们无意中说出的话变成现实。围绕在我们身边的"言灵"究竟是恶魔还是天使，取决于我们自己的选择。

24 我们联系
在一起

团体行动
的乐趣

　　在我支持的棒球队没有比赛时，我就看 NBA（美国职业篮球联赛）。有一天，我随手打开电视，电视里正在转播克利夫兰骑士队和波士顿凯尔特人队的比赛。有一名选手几乎是在球场上飞来飞去地打着球，他就是当时正效力于克利夫兰骑士队的勒布朗·詹姆斯（现效力于洛杉矶湖人队）。他被称为"詹皇"，是一名能力出众的球员。他既是小前锋，又时常扮演得分后卫的角色，不仅得分能力和突破能力出色，连传球能力也出类拔萃。只要看到他，我就会自然而然地想起"史无前例"

这个词，他是一位非常了不起的运动员。相比之下，凯尔特人队则没有詹姆斯这样的超级球星。不过，在当天的比赛中，人们还是觉得凯尔特人队的团队精神格外出色。对比着凭借詹姆斯华丽的个人表现的克利夫兰骑士队和配合默契的波士顿凯尔特人队，观众们看得兴奋不已。

看着这场比赛，我突然想到"的确，绝对没有一个人就能干成的事"。当然，这并不是比赛最终以凯尔特人队的胜利结束的缘故。从历史战绩来看，凯尔特人队也并非总赢球。当然，有超级明星的球队成绩好的概率很大。如果在选手个人之间进行比较，没有哪个球员可以与詹姆斯匹敌。

但比赛并不是一个人跑来跑去就行的。球员们各自在不同位置上充分发挥作用的同时，还要 5 个人一起行动才行。因此，即使一个球员拥有卓越的能力，如果其他成员在球场上不予以支持和配合，球队也会溃不成军。此外，不管那个核心球员活不活跃，他的所属球队也会出现萎靡不振的情况。每当看到这样的情况时，我就会意识到"没有什么大事是仅靠自己就能完成的"，并重新认识到，我们的生活也是由无数的团队合作组成的。

回顾我过去的影视作品和工作，我能一帆风顺地到达现在的位置，这让我很惊讶，但我也感到害怕。我是如何避开隐藏在人生道路各处的雷区的呢？我以后真的还能继续这样吗？但这种想法有时也让人感觉很傲慢。避开铺在路上的地雷的，或者逐一找到路边宝藏的，都不是我一个人。在我人生的这个球场上，我永远都是依靠队友的助攻和配合才能发光的球员。

有时我们会看到某些人一遇到什么事就一味地责怪旁人。当然，我能理解他们在这期间付出努力并急于得到认可的心情，但如果自己是这样的，那其他人也都是一样的。只想到自己的全力以赴，心胸未免也太狭窄了些。对周围人感到不满，把责任都推给外界，留给自己的就只有愤愤不平。这种状态会使自己被孤立起来，所以责怪他人会使我更加孤独和寂寞。

不管事情的结果如何，我都会对身边的人们感到由衷感谢，在这些瞬间，我意识到我不是一个人，我对那原本看不见的联系的感觉也渐渐开始复苏。我才知道，无数的人和事都与我联系在一起，人们也正是得益于此

没有什么大事是仅靠自己就能完成的。

在我人生的这个球场上，

我永远都是依靠队友的助攻和配合才能发光的球员。

才可以存在于现在的国家中。就这样，感恩摆脱了孤立，将我带向心满意足的状态。

或许，感恩也是一种练习。想起那些看不见的大大小小的纽带，我逢人便会说"谢谢"，如同问候"你好"一般。

谢谢你，一直都在那里。

25 向你介绍
我的朋友们

徒步队的
老男孩们

　　我们徒步队的成员不总是一样的。有时，如果有熟
人陷入徒步的魅力，我就会立即邀请他加入，一起行走。
有时，一起徒步了很久的某个成员会因忙碌或个人原因
而退出。所以，如果你问徒步队的成员总数是多少，我
只能说这总是有些许变化的。

　　但有几个人是一直都在的。蓦然回首，他们无论何
时都会噔噔噔地走着，成为我的同行人。

从"一吨卡车"的约会到疯狂表演……忘态明太！

"明太"演员韩成天是我的大学同学。虽然现在我叫他"明太鱼"，但他最初的外号是"忘态"。诚如人们所猜想的，"忘态"是"孤酒忘态"（烂醉如泥）的缩略语。大学时期的成天太能喝酒了，任谁看他都是个不折不扣的酒鬼。但现在的他已不再是当年的韩成天了。自从他开始特别热衷于走路，他就完全变了一个人似的。语言不是拥有权力吗？因此，不能再用"忘态"这个丢人的名字来称呼成天了。所以我决定改叫他为"明太"，因为"明太啊，明太"地这样称呼他显得很是可爱。

上大学时，明太和我一起过着自炊生活。我对"明太"——不，当时的"忘态"开的车至今都难以忘怀。我们都是没钱又饿着肚子的戏剧电影系的学生，但成天是开着私家车来上学的。那是他父亲的车，一辆载重一吨的卡车……

长发飘逸的成天会开着"一吨卡车"去电影院，还会和女朋友去约会。

看过《577 计划》的人都会记得那个让人不流眼泪都不忍心再看下去的演员韩成天，以及他那精湛的演技。一天 10 多个小时的急行军路程，连往包里放进去一个小小的水瓶都快把人压倒了，我却偷偷地在成天的包里塞满石头。"为什么我的身体这么重？我是哪里不舒服吗？"自问自答了无数次的成天在休息时间终于打开包发现了石堆，然后开始数落我太气人了。我哄着成天，并怂恿他不要只把这个委屈留给自己，而是让它升华为一个规模更大的玩笑。既然如此，我们就应该神不知鬼不觉地瞒着所有远征队员，偷偷拉帮结伙。

勇于挑战"国土大长征"，想要过上新生活的无名演员韩成天说，我开玩笑在他的背包里放石头，导致他的膝盖都受伤了。医护人员说，他现在不能再多走一步了，他却坚持用眼泪告诉大家，他不会在这儿就放弃，哪怕是挂着拐杖，他也要走到海南郡。韩成天说，如果连这个都做不好，那在今后的人生中他就真的什么都做不成了。面对这样呜咽的成天，大家都流下了热泪，还有鼻涕……

桑德里娜和明太——

一起出来行走的朋友们。

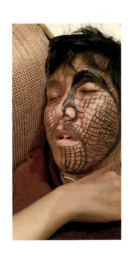

我在熟睡的明太——

成天的脸上涂鸦。

对不起，

但我觉得你生气的样子真的很有趣……

我的朋友明太最常被我的恶作剧欺骗，却依然很
爱上钩。现在，明太已经不再随意接受我递给他的任
何水杯或果冻了。他一定要先闻一闻味道，确认里面
是不是用烧酒代替了水或含有其他异物后才会食用。
尽管如此，他还是继续遭受着打击。我们一起去夏威
夷的时候，明太总是比我先睡着，我等了一会儿就开
始在熟睡的成天脸上涂鸦。对不起，但我觉得你生气
的样子真的很有趣……

每天 16 万步，Fitbit 界的传说——
John Q 先生观察记

演员金俊奎是我大学的学弟，他现在以"金宰英"
的名字进行着演艺活动。不知怎的，我总感觉他不像韩
国人，反而更像外国人，所以我们放弃"俊奎"这个好
端端的名字，而是很有感觉地叫他"John Q"。之所以
John Q 看起来更像外国人，是因为他那"骇人的"时
尚感。他是"时尚恐怖分子"，甚至在重要场合都会穿

着运动短裤或超短裤出现。他对短裤情有独钟，所以总是穿着短裤出现。他完全不去考虑在什么场合应该穿什么样的衣服，因为他根本就没有这种概念。John Q 是自由服装主义者，或者说是崇尚"有机时尚"的明星。

　　John Q 穿着超短裤卖力地行走着。他是我们徒步队的主力，曾创下一天 16 万步这一令人难以置信的"世界新纪录"，成为 Fitbit 界的传说。他之所以特别偏爱热裤，大概也是因为热裤穿着方便。由此可见，他对走路非常着迷。如果我联系他说晚上 7 点在我们小区喝杯米酒，他就会从家里走路过来。作为徒步队的热血成员，走路到约会场所不是很正常的吗？John Q 住在京畿道的光明市，而我们小区在首尔市新沙洞，他会在早上 10 点出发走路过来见我。①

　　John Q 的下肢像足球运动员一样结实，所以穿超短裤的话会很抢眼，让看到的人都有点儿不好意思。不过，他依然坚持这种风格。这小子真的不是对走路着迷的疯

---

① 京畿道光明市和首尔市新沙洞相距约 18 千米。——译者注

子吗？虽然说起走路，我也自认为很有一手，但是我走过的路程根本就达不到 John Q 走过的。

　　John Q 如果 15 号在全罗道光州有拍摄行程，那他12 号左右就会乘车到大田，然后准备开始自己的徒步大长征之旅，前往一个叫作"步行"的拍摄现场，全程历时四天三夜。所以比起问候 John Q "过得好吗"，我更想问他："John Q，你现在在哪儿啊？又在走路吗？"

不要总是问我为什么，"wait a minute, Charlie"！

　　演员姜信哲和我是中学同学。我们有一个朋友，他小时候在美国生活过，所以他都喜欢以儿化音来结束所有句子。那位朋友叫信哲的时候，"信哲儿""申哲"地叫着叫着就变成了"Charles"（查尔斯），后来又变成了"Charlie"（查理）。看过《过山车》的人一定会记得那个一直向董事长下跪道歉的美男秘书长，他就是Charlie。信哲长得很帅，英文名似乎也更适合他。但是

无论何时我都想与之一起行走的朋友们。

让我能够坚持不懈地走下去的人们。

让我们暂时埋藏无法实现的回忆，

先一起走下去吧。

这外号其实并没有什么特别的含义。我们起外号总是这样，随心所欲，有感觉地胡编乱造，一辈子都这么絮絮叨叨地叫着。

信哲现在又有了一个更长的名字叫"wait a minute, Charlie"（等一下，查理）。这是尹钟彬导演给他起的外号。由马丁·斯科塞斯导演执导、罗伯特·德尼罗主演的电影《穷街陋巷》中有句台词"wait a minute, wait a minute, Charlie…"，由此诞生的这个别名也没有什么别的意思，只是因为我们非常欣赏马丁·斯科塞斯和罗伯特·德尼罗。

除此之外，还有跟科比·布莱恩特很像，而且因鼻子很大而被叫作"鼻活量"的后辈——科比·尚元；总是活力四射的兰博·黄宝拉；以及桑德里娜。总有一天，我会向你一一介绍他们的。让我们暂时埋藏无法实现的回忆，先一起走下去吧。

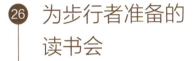

26 为步行者准备的
读书会

步行与读书之间
微妙的共同点

我们徒步队的成员们虽然都各自在不同的地方工作和生活，但我总感觉我一直都和他们在一起。我们每天都会通过 Fitbit 共享彼此的步数，所以当我发现今天某个人的步数和昨天相比有明显的下降时，我就会想问候一声，看看他是不是因为工作缠身而不能动弹或是生病了。或者当我认为某人应该是"今天只稍微走了点儿啊"的程度，但他的排名却嗖地突然上升时，我就会很好奇他现在正在去往哪里。如果某人分明说要乘车去远的地方，但他的步数却一直在增加，那我就会调查他是不是在"摇动"。所谓"摇动"是指 Fitbit 佩戴者不走路，但故意摇动 Fitbit 以增加被机器检测到的步数。它主要是最近走得不多的成员想方设法摆脱下游差生身份所使用的最终手段。当然，凡是用"摇动"这种歪招的，我们都抓得到。因为如果不走路而只是摇动 Fitbit，即使步数有所上升，表示移动距离的公里数也不会增加。

我们的一天就是这样紧密地联系在一起的。

在我们各自坚持徒步后的某一天，如果日程能对上，那我们就约好一起出来痛快地走一走。那天我们没有行程安排，可以整日形影不离地在一起谈天说地，外出徒步。如此一来，我们就不可能对彼此的近况不了解。就这样，像家人一样亲密且非常了解彼此，导致我们之间渐渐失去了新鲜的话题，处于经常见面却无话可说的罕见状态。即使不进行什么特别的对话，到目前为止我们之间的关系也依然融洽，但偶尔我们也想分享那种能成为彼此生活良药的故事。我们想，如果我们之间能发展成给予彼此新刺激的关系就好了，所以我们开始举办读书会。

原则很简单。成员们每周读一本书，每周三晚上聚在一起聊天。没有确定的发起人，也不是要大家进行生硬的讨论，只是自由地吐露读过这本书后的想法及对这本书的感悟。大家一边吃着好吃的食物，并且为了偷偷走过去吃掉它们而蹑手蹑脚，一边小酌一杯。

我们读书会选定的第一本书是日本律师西中务写的《抓住好运的人生秘诀》。成功和幸福并不完全取决于个人的能力值，根据运气和气势的不同会有千差万别，并不是我只要自己做得很好而且很努力就能保证工作的结果。那么，要想获得成功和幸福，该怎么办呢？

这位日本的律师老爷爷在谈及如何将幸运带到自己身上时，以他在现实中遇到的委托人的人生为例，简单明了而又很亲切地将答案告诉了我们。我在读完这本书后，就感觉好像有人替我写出了我一直以来的苦恼和寻找到的答案。我对此感到非常感激和欣喜，所以有一段时间我买了很多本来送给周围的人。

这就是开始。我想与那些比任何人都更想成为好的演员、成为优秀的人的朋友和后辈一起读书、聊天，因为他们非常清楚，自己在如此长的时间里一直急切地在为演戏和生活而苦恼。

　　读书和走路有着奇妙的共同点。虽然它们都是人生的必需品，但人很容易找借口说"我没有做这件事的时间"。但是你仔细观察就会发现，谁都有每天读 20 页左右的书，步行约 30 分钟的时间。

　　就像我们通过 Fitbit 联系在一起，彼此激励着每天坚持走下去一样，我们也决定要一起读书。我们可以一起吃着晚饭，或是喝着啤酒、米酒，舒服自在地聊一聊这本书从整体上来讲怎么样，有哪些部分是令人印象深刻的。当发现书中的内容与自己的想法相似时，我们就兴奋得直叫；不太相同时，我们就吐露一下自己的感想。同时这也能让我们在已经非常熟知彼此的基础上有进一步的了解。

　　一起读书，就像是进一步在彼此早已相知相信的内心深处继续挖掘一般。结束后回家的路上，在想要享受美好生活的同时，我们想对彼此的工作和生活给予支持的心意也油然而生。

当然，随着聚会的持续发展，也有没能读书的人，以及认为这周的书没什么意思的人。大家有时候因忙碌而无法聚在一起，有时候则不能轻易确定下一本书。即便如此，我们也还是坚持到了现在，努力把聚会延续下去。在线下无法见面的星期，我们就在 Kakao Talk[1]中进行群聊。

我们之前在读书会上读过的书目如下：大卫·勒布雷东的《行走礼赞》（*Marcher: éloge des Chemins et de la lenteur*），久贺谷亮的《高效休息法：世界精英这样放松大脑》，伊尔斯·桑德的《高敏感是种天赋》，迈克尔·哈里斯的《孤独的力量》，托尼·波特（Tony Porter）的《不要"大男子作风"》（*Breaking Out of the "Man Box"*），曹薰铉的《曹薰铉：无心》，多田文明的《言之一手》，李起周的《说话的品格：把真心放入话中的 24 个练习》，等等。看看这些书目，你就能猜

---

① Kakao Talk 是一款类似于微信的韩国社交软件。——译者注

出我们共同感兴趣的话题：行走和休息，单纯对生活的
关注，对敏感细腻型气质的解读，对男子气概这种固有观
念的思考，因语言的力量而不想怪罪他人或骂人……

　　我主要在出行坐车时看书。如果距离不远，我就走
路过去，去远距离的片场我就会坐车，但总觉得坐车的
这段时间白白被浪费有点儿可惜。如果不浪费时间，把
时间好好利用起来，我想我可以做很多事情。所以，我
就在车上看看积压下来的剧本或书。

　　我觉得养成这样的习惯后，一周读一本书并不难。
一年约有 52 周，一周只读一本，一年就能读 50 多本书。

　　最近我们每个人都很忙，没有举办线下的实体聚
会，大家就各自默默读书。我想在近期再次举办读书聚
会，边喝着酒边和大家聊聊关于书的内容。我原以为读
书是一个人孤独地做的事，但和同行的朋友一起读书却
更有意思。

读书和走路有着奇妙的共同点。虽然它们都是人生的必需品，但人很容易找借口说『我没有做这件事的时间』。

第 三 部 分

人，边行走边彷徨的存在

27 拥有闲不下来的 能力

对不起，
我无法只挖一口井

"散漫，注意力明显下降。"

你儿时有过被班主任在生活记录簿上评价为"散漫"的经历吗？小的时候我不太清楚，但最近我发现自己是多少有些散漫的。

这是不久前在讨论重要事宜的会议上发生的事情。我坐在桌前倾听着对方的谈话，坐在我旁边的人小心翼翼地问我："除了我们现在所谈论的内容，你是不是还有其他建议呢？如果是这样，随便说说也没关系。"

当时我正全神贯注地听着会议内容，所以对于他为什么会那样说，我有些不明所以。但仔细一想，那还是有迹可循的。原来是因为我在整个会议过程中都将笔记本摊开在桌子上，用笔乱涂乱画。他大概是注意到了这一点，所以误会我有别的想法。

以这件事为契机，我又重新认识了自己。我在听别人说话的时候不能安安稳稳地待着，要做点儿别的动作才行。原来这有可能会引起他人的误会啊。所以，现在如果再遇到像开会这种需要集中精神的情况，我会在开始之前就事先向在场的人求得谅解："我有点儿闲不下来，会坐不住，所以像这样翻开笔记本乱涂乱画的情况，请你们把它当作河正宇专属的会议速记。放心，我肯定在听你们的谈话内容。"当然，经常和我见面一起开会的人很快就习惯了我的这种习气，他们对此都不大在意。

此外，我也有至死方休的执着一面。

这是拍摄《许三观》时发生的事情。我们在集体宿舍附近的塑料大棚里搭建了体力锻炼室。由于大家都是离开家后一直待在顺天①进行拍摄，所以保持好体力和状态是非常重要的。我们在这间简易的健身房里放置了乒乓球台，每天拍完戏之后，到了晚上大家就聚在一起打乒乓球。这不但有运动的效果，而且是个可以分出胜负、令人意趣盎然的游戏，我一下子就迷上了乒乓球。我会轻松地打上一会儿，放松放松身心，但为了第二天的拍摄，我不得不点到为止就回去睡觉了。然而渐渐地，一股好胜心涌上心头，我开始了好几个小时的疯狂练习。我决心一定要在这里把乒乓球打到精通。我想去研究如何才能在乒乓球比赛中不输，并写下"乒乓不败神话"。我满怀热血地观看乒乓球比赛的转播直到深夜，还自费安装了价值 70 万韩元的自动发球机。

我拍完戏回到首尔之后，有了和弟弟一起打乒乓球的机会。弟弟的乒乓球实力原本比我强得多，但这只是在我拍摄《许三观》期间经历了简易体能训练室的孤军奋战之前的情况。弟弟见我回来后乒乓球实力大增，就

---

① 顺天为韩国西南部全罗南道下辖的一个市。——译者注

十分诧异地问我，我到底是拍电影去了，还是接受斯巴达式的乒乓球训练去了。

乒乓球只是一个例子而已。不管是什么事情，我只要试过一次，就必须做到底。其实只是将这些事作为简单的兴趣爱好来以平常心对待就可以啊，但为什么我无法在那种程度上就停下来呢？为什么我不管做什么，都不去考虑将它做到合理水平，而是一定要坚持到底呢？

请想想人们通常都是怎么评价这些特性的。人们通常会说，如果看到不能安安静静地待着的人，自己的集中力就会下降。"老实待会儿吧""闹得人头晕目眩的""你为什么就这么散漫呢？"之类的唠叨滔滔不绝地喷涌而出。我一面承认他们的话，一面又有了别的想法。对于这样的人，我们难道不应该说，他反而在各个领域都有着多样的关注能力吗？照看这些闲不下来的人，在他人的眼中可能是件令人毫无动力又感到不安的事。但对当事人来说，这可能是打开了好奇心，有了全新体验的状态。多数人定义的正常标准乍一听似乎很合理，但实际上很多情况并非如此。

在社会生活中也会出现类似的情况。人们如果看到

有人热衷于非本职工作或是想在多个领域进行挑战，就
会建议他"只挖一口井"。大家都说，如果做事东一下
西一下的，最终只会竹篮打水一场空，什么都做不好，
只有憨直地把一件事做好才是成功的秘诀。但真的是那
样的吗？人类既然是具有好奇心的动物，又为什么在对
很多领域都感兴趣，想要体验各种事情的时候，就要先
怀疑自己会做不好呢？

再怎么想，我都觉得"只挖一口井"这种话听起来
很奇怪。勤奋地多挖几口井，努力地扔下吊桶，会不会
更容易发现一口我一辈子都能从中获取饮用水的井呢？
我认为，穷其一生将自己体内潜在的各种能力挖掘出
来，使其绽放，这才是人生的课题和义务。我相信这样
的过程最终会使我变得完整。

但是曾有人小心翼翼地提醒我，问我是不是患有
ADHD——注意缺陷多动障碍。我从来没有用这种医学
用语来诊断过自己的性格，所以他的担心让我感到陌生
和慌张。他说他有一个患有 ADHD 的侄子。他见到我，
听了我的事，再结合对我平时表现的观察，发现我和他

我是个对各种事情都有着强烈的好奇心，
会不停地摆动身体走路的人；
也是个说着说着话便开始吊儿郎当地活动身体，
哪怕只是做做"原地跳跃"，
也不能老实地待着，
完全闲不下来的人。
但是，没关系。

的侄子有很多相似之处。小时候患有 ADHD 的孩子在长大后会将它以其他的形式表现出来，这也就是成人ADHD。不管怎么说，我好像都是这个样子。当然，他不是医生，只是根据我的外在表现猜测了一下，所以他建议我赶紧去医院看看专家怎么诊断。

我有点儿呆住了。

而且，我想，他也许是对的。

之后我买了很多关于 ADHD 的书，开始对其症状进行了解和学习。每个患者所表现的情况都不同，病情严重程度上的差异也很大，所以很难去断定我是不是真的患有 ADHD，但书中的症状与我平时的表现的确有很多相似之处。随着对 ADHD 的深入学习，我时常会想起小时候的我：一刻也不能闲着，对喜欢的东西过度投入，然后又很快转移到对其他事物的关注上……年幼时的我也会觉得那样的自己很累吧？虽然没有大人强硬地责骂我，要我"集中注意力""老实待着""专心做好一件事"，但我也不是完全没有感受到，长辈们希望我成为

更加冷静、更加端正、有可预测性行为的孩子。小小的
我是怎样度过那些时间的呢？

　　我现在既是演员，又是电影导演、制片人，也是画
着画生活的人。对某些人来说，我的特性可能是严重的
缺陷，但我却将这种特性与自己的职业进行了融合并应
用到其中。

　　读过这些书后，我发现达·芬奇、爱因斯坦、斯皮
尔伯格等人也有 ADHD 的倾向。当然，我们不能只强调
这些能力出众的天才都具有 ADHD 倾向的事实，而忽略
那些患有 ADHD 并过着平凡生活或因此而深感痛苦的人的
存在。但我觉得或许我们每个人都具有 ADHD 的倾向：
不愿安静地待着，老是想动，担心对方无法察觉到自己
的情绪，所以就淋漓尽致地去把它表现出来。无法只专
注于一件事的性格，是最像小孩子的一种本能。普通人
都是一岁岁地长大，随着社会性的逐渐成熟，为了不使
他人感到不便，就学会了去削减、压抑这种本能。但患
有 ADHD 的孩子们却将一生都拥有这种像孩子般最纯真
的本性，并且要继续在这个端正的大人的世界里生活。

从现在开始，

与其说我不能安静地待着，

不如说我拥有"闲不下来的能力"。

多亏了这种能力，

它让我能在一生中同时拥有

演员、导演、制片人、画画的人等多种多样的职业，

让我可以接收到上天赐予我的这种恩泽。

虽然很感谢朋友对我的担心，但我还是决定不去医院检查自己是否真的有 ADHD 倾向。我是个对各种事情都有着强烈的好奇心，会不停地摆动身体走路的人；也是个说着说着话便开始吊儿郎当地活动身体，哪怕只是做做"原地跳跃"，也不能老实地待着的人。但是，没关系。只要我的这种倾向不妨碍我的生活，我就会支持我这种因缺乏注意力而充满好奇心的性格。

所以从现在开始，与其说我不能安静地待着，不如说我拥有"闲不下来的能力"。多亏了这种能力，它让我能在一生中同时拥有演员、导演、制片人、画画的人等多种多样的职业，让我可以接收到上天赐予我的这种恩泽。

28 我无法 确信自己

混音——
不完美的人类为拥有完美声音
而做出的奋斗

　　我一旦决定去做某件事，就会自信又固执地走到底。但如果有人问我是否相信自己，我却又很难做出回答。自信感和确信自己的状态，乍一听是很相似的，但它们似乎又是两个完全不同的问题。我如果尽力去做某件事情，就不会后悔或迷恋，所以我就会有自信心。努力走过来的这些时间本身就是对我的一种助益。因此，所谓自信心可以被定义为在信赖自身所经历过的时间和努力过的事的情况下所冒出的一股力量。

　　尽管如此，但我却认为我是绝对无法确信我自己的。如果能确信，那也只是错觉。我认为人没有什么是可以被确信的。如果我现在对自己的决定有信心，那我就应该在这一刻开始怀疑自己。我在进行混音工作的时候，就将自信和确信这两个状态的差异完全搞清楚了。

所谓混音，就是将电影的台词、声音、音乐等进行融合和调节，让观众听起来感到很和谐的工作。为了让台词传达得更加清晰，要设定适当的音量，对于音乐在哪个时间点进入、在哪个时间点退出也都要做出决定。尤其在电影中，除了场景的主旋律，还要自然地融入我们明确能感知到的各种声音。例如，角色在讲台词时，有谁路过或是有窗户被打开，要同时让人听到与之相配的声音才行。只有在逐渐变大的脚步声、窗外传来的风声、汽车疾驰之类的声音都有的情况下，才算完成了混音的工作。进行混音工作时，要细心地掌握在一个空间内流动的特定声音，并协调使其流向合适的地方。

但在进行混音工作时我发现，原本分明是一样的声音总会在某个瞬间变得不一样。夸张一点地说，就是我意识到"今天的我"和"明天的我"是完全不同的人。

不仅如此，对于某种特定的声音，在一天当中的早上和晚上听起来也完全不同。即使是全身心地集中感觉去投入其中，一旦身体状态发生变化，同样的声音听起来也会变得不同。

我们来假设一下，假如我今天感觉台词好像听不太清楚，所以请混音师把台词的音量加大了。但奇怪的事情发生了。第二天我再来听的话，又感觉那个部分听起来太突兀了。在一段时间里，这个情况会处于一种反反复复的状态：把音量降低后又提高。这样持续下去后，在某一瞬间我就会突然意识到这个理所当然的事实。问题不在于声音，也不在于别的，而正是在于我自己。

所以，大部分混音师都劝导演不要整天埋头于混音工作，而是在最舒适的时候再来工作。也就是说，不要勉强工作，而是要以最佳的状态，按照一贯的标准去工作。在进行混音工作时，与其去确认我此时此刻听到的声音和感觉，来决定如何调整音量，倒不如翻开笔记，看看前一天我听起来感到疑惑的部分，重新调整方向进行工作。如果一直都觉得还不错，但唯独今天感觉台词听起来特别不好，那就要找出原因。而且这个原因可能是扬声器的问题的概率几乎为零，我应该怀疑的对象就是我自己。

就像这样，我的感觉一天会变十二次以上，我又怎么能对自己确信呢？人的内心又有什么不一样吗？我的感觉和内心在每一瞬间都如风的流向一般，但是演技和绘画是活用这种感觉和内心的事情。所以我工作的时候会不断地检查自己，不要一味地倾向于茫然的感觉和主观的想法。与某人想法不同时，我也会努力去尽量客观地表达出来，因为我的心情和心思随时都会变化。而且，如果我那样做，对方也会和我一样。

归根结底，我们能做的只有尽自己最大的努力，积累可以相信并依靠自己的时间。在我所经历的旅程和时间里，虽然我会带着自信努力地坚持下去，但我并不确信自己的状态，因为这或许是否定自己不完美的傲慢和骄纵的另一种说法。

29 为何
不被接受?

即便如此也要在导演之路上
走下去的理由

　　我恳切地祈祷，希望《许三观》能一切顺利，但最终该片票房惨淡。这不是像"观众为什么认不出我的作品呢?"这样简单的问题，我必须提出更具根本性的问题。

　　"问题到底出在哪儿呢?"

　　我认为《许三观》是我当时竭尽所能拍出的作品。事实上，我认为，即使现在让我重新拍摄一次，我也几乎没什么可以再多做的了。将各个场景像漫画一样以单次运镜为单位细致地制作成分镜剧本，这少说也进行了5次(一般人们会进行2次左右)。而且以这5次分镜为基础，我将整部电影的约 40% 提前用 Handycam①进行了预拍摄。因为事先进行了拍摄，可以预想到电影的整体氛围会是怎样的，所以我觉得我把这部电影准备得滴水不漏。同时，我相信，我在做这一切决定时都没有独断专行，而是与演出部门、投资发行商、制片方都进行了很顺畅的沟通并取得了很好的进展。如此倔强拼命后，我却失败了。

为什么我拍的电影得不到观众的喜爱呢?

从提及我导演的作品的新闻报道下面的留言中可以看到"请只做演员吧"之类的指责。也许我会把它归入恶评的范畴，但我选择苦思冥想并去努力接受，为什么我在作为导演而不是演员的时候得不到人们的广泛喜爱。

但反过来说，作为导演的我如此努力却得不到人们

---

① Handycam 是日本索尼公司旗下的一个便携式数码摄像机品牌。——译者注

的喜爱，所以我现在并不会感到不安。对于我所做的事，人们的反应是我难以理解和把握的，不安感正由此产生，但我已经经历一次了。我接受全然预料不到的结果，并经历了茫然若失的时期。现在的问题是，作为导演我应该如何去拍摄第三部作品，要以怎样的心态去面对电影导演的工作。我会问自己，我真正想拍的电影到底是什么样的，然后不留遗憾地将它展现给大家。

其实，无论我是作为演员还是作为导演，在开始拍摄新作品的时候，我都很害怕。但是这种恐惧并没有使我半途而废或阻止我进行新的尝试，而且我认为成功和失败是无法单纯地靠票房数据决定的。《许三观》虽然票房惨淡，但并不是"我的失败之作"，我在执导《许三观》时得到的收获是无法用物质来衡量的。

当有人对我说"河正宇，你就只做演员吧"时，以前的我会很受伤，但以后我不想再受伤了。这句话不就是我作为演员颇受大众熟悉，勉强演得还不错的意思吗？虽然导演河正宇欠了演员河正宇的，但我想，总有一天导演河正宇会偿还演员河正宇的。演员河正宇至今拥有

我们失败了。摔跤，跌倒，别人的评价连我预期的一星半点都没有达到，这让我不知所措。但每到这种时候，我都会思考。『反正路还很长。』而且，不管用什么方式，终究都会好起来的。

了很多幸运并被观众喜爱，一路走来很是顺利。但是从
20岁开始登上话剧舞台到30岁的10年里，我也就只是
个勉强发光的人而已。与此相比，电影导演河正宇只是
出道不过几年的新手。要评论作为导演的成功和失败，
我还有很长的路要走。

　　我们失败了。摔跤，跌倒，别人的评价连我预期的
一星半点都没有达到，这让我不知所措。但每到这种时
候，我都会思考。

　　"反正路还很长。"而且，不管用什么方式，终究
都会好起来的。

　　我还处在导演生涯这漫长历程的初始阶段，途中的
成功、失败、跌倒、接受鲜花和掌声之类的事情也许并
不重要。与其亦喜亦悲，战战兢兢，晕头转向，倒不如
憨直地前进，最后走到我想到达的地方，这对我来说弥
足珍贵。

30 什么是
男子气概

关于恐惧

　　在读书会上，我读过一本名为《不要"大男子作风"》
的书。这本书是由美国著名社会运动家托尼·波特撰写
的，它的副书名是"被男子气概困住的男人们"[1]。他说，
人们对男性性别的固有观念是"Man Box"（男人箱子），
他认为应该大胆打破这个框架并从中逃脱。

　　我在读这本书的过程中与其有很多共鸣。人们口中

——————————————

① 此句为该书韩版的副书名。——译者注

的"男子气概"所具有的规范特征大概就是以下几点：身材魁梧，孔武有力，不善于表达情感，在任何情况下都要坚强，绝对不可以流泪……我听到这些话，即使觉得它们有模有样，也会产生强烈的疑问。所有的男人都具有这样的特征吗？有什么理由要让所有男人都必须如此呢？

我也经常听到别人说我很爷们儿，或者说我具有迷人的男性魅力。若把这些当成夸我的话，我既觉得不好意思，又偶尔会在心里打个问号。我真的很有男子气概吗？

例如，在我这种大大咧咧、嗓音低沉的男人形象背后，还存在着另外一个我，那个我和喜欢的人一起聊天就会感到快乐，并喜欢细心照顾一起工作的人。这种特征是有男人味还是有女人味呢？我喜欢做家常饭，到了餐馆就会留意好吃的菜肴，然后回家照做。做凉拌苕葱也好，腌酸黄瓜泡菜也好，对于这些琐碎的事，我都喜欢自己动手去做，自己把食材处理得干净整洁。说到这些，不熟悉我的人会惊讶地附上一句，"我竟不知道，你还有这么'女性化'的爱好"。

仔细想想，其实谁都或多或少同时拥有这些乍一看像是男性化或女性化的行动和特性。这世上哪儿有百分之百拥有男性特质或女性特质的人？其实我可能也不是个男人味十足的人，所以，比起"像个男人"这种模棱两可的话，当听到"像个真正的人""有人情味"的时候，我更感到欣慰。

事实上，看起来很硬派、对任何事都无所畏惧的我，也有非常害怕的事情。在别的地方我不敢表露，但我也想用一次"有人情味"这个词，让自己软弱的一面得到安慰。

比如说登高这件事。我想坦白我当时感受到的极度恐惧感，以及我那颗脆弱的心。我有恐高症，连游乐设施都没办法坐。20岁的时候，我跟朋友一起去乐天世界玩儿，最后我却因害怕而回去了。此后我再也没去过游乐园这种地方。不用说"跳楼机"这种硬核的游乐设施，就连摩天轮我都很怕，一点儿都不想坐。

我说这话，别人都不相信，因为《柏林》是一部拍摄时会用到威亚的精彩且激烈的动作片。其实，当时我拍摄高空动作真的很辛苦。不，与其说是辛苦，不如说是感到恐惧。从高处往下看时，我出现了眩晕、四肢无力等眩晕症的症状。我好想吐，怎么办？光是想象就让我头皮发麻，我不禁闭上了眼睛。

那么，如果我再接到需要吊钢丝拍动作戏的剧本呢？如果我饰演的角色需要从高处跳下来，或是需要乘坐游乐设施呢？光是看剧本我都会感到呼吸急促和慌张。我想非常小心地问问导演，去掉那个场面怎么样？如果说剧本真的很棒，是一部我不想错过的作品，但一定要拍那个场面的话呢？

啊，光是想想我都觉得痛苦。演员河正宇的意志力能否战胜人类河正宇的恐惧感呢？但是，导演，我一定要赢吗？一定要完成这种超越人类领域的事情时，不是还可以使用 CG（电脑特效）这种新技术吗？

可能是我会对自己不能完全控制的位置或情况产生恐惧感吧。虽然现在我经常去夏威夷，在某种程度上我已经很适应坐飞机了，但我曾在坐飞机时遇到暖气流，然后飞机的整个机身晃了起来，那真是太可怕了。有时

虽然现在明显好了很多，我还能在飞机前爽快地比着胜利的"V"字，但我之前却一度对飞行中的暖气流感到极为恐惧。我在搭乘飞机的过程中比其他人都更为敏感的这种倾向，拉开了我导演的第一部作品《过山车》的序幕。

我担心飞机会在我睡着的间隙因被暖气流包围而坠毁，
所以我紧张得一刻都睡不着。现在，如果飞机发生晃动，
我会先观察乘务员的表情。"专家"觉得这没什么事吗？
确定是安全的吗？或许正是我在搭乘飞机的过程中比其
他人都更为敏感的这种倾向，拉开了我导演的第一部作
品《过山车》的序幕。

　　再坦白点儿讲，其实我也很害怕打针，我无法直视
针头刺破皮肤的场景。为什么呢？打针也不是极度的痛
苦，只是有点儿刺痛而已。原因我不太清楚。除了处于
高处和注射针头这两样，还有很多让我变得脆弱的东
西，但我要先说明这两样。

　　我也只是个有着很多害怕的事物的人类而已，希望
你能理解我……

我选择搭档的
方法

与神同行

经常有人问我，我是如何挑选剧本的。但与其说我是在挑选剧本，不如说我首先努力去解读了这些电影工作者的生活是否与剧本联系在一起。

像"与神同行"系列电影的话，因为作家周浩旻的网络漫画原著已经获得了大众的强烈喜爱，很多人认为我决定出演是理所当然的，但这并不代表没有风险存在。因为在韩国电影中，奇幻片获得成功的案例少之又少，而且，我起初读的那一版剧本的润色看上去并不太完美。但是剧本的故事线非常明确，而且我读后的印象很深刻，怎么也忘不了。

在这种情况下，我开始思考这个故事线出自哪里。是导演故意牵强地用新潮派的方式去强调这条故事线，还是有什么一定要讲出来的故事隐藏在其中呢？例如，你看过《与神同行：罪与罚》就会知道，这其实是金容华导演把他对母亲没能做到的事放进了影片当中，他在一次采访中将"与神同行"系列的第一部称为"对过世母亲的镇魂曲"。虽然这乍一看似乎是与工作没有直接关系的附加因素，但对我来说，它已成为我选择这部电影的最确定的决定性因素。我确实感觉这部电影会很不错。有时，这种确切的预感来自某些人与电影相关的"深切"。我认同他的"深切"，并想成为他的同伴。

电影"与神同行"系列第一部和第二部的预算合计起来约为 400 亿韩元。这部作品其实很难突破损益平衡点，它可以说是一定要有超过千万的票房才会成功的电影。对于这种大制作的电影，即使观影人数突破 800 万，它也很有可能会挨骂。尽管存在这样的难点，但对我来说最重要的是，金容华导演再次回到了对自己而言最深切的故事上。

　　金容华导演制作的电影一直以来都深受大众的喜爱，他甚至被称为韩国电影界的票房大师。从《憨豆兄弟》《丑女大翻身》到《国家代表》，他的电影一路高歌猛进，但其前作《大明猩》让他第一次尝到了挫败的滋味。

　　事实上，《大明猩》并不是金导演从自身经历引出来的故事。除此之外的《憨豆兄弟》《丑女大翻身》《国家代表》等所有金容华导演的电影说是他本人的故事都不为过。《憨豆兄弟》讲述了兄弟之间的故事；《丑女大翻身》则是一部把想要在贫穷、恶劣、不幸的环境中脱胎换骨，过上美好生活的渴望戏剧性地拍成了电影的作品；《国家代表》实际上讲述的是有关家庭的内容。将自己的个人经历和故事移植到电影中的角色身上，金容华导演就是有着如此出众的能力。

　　但金容华导演的《大明猩》却在票房上失败了。但这并非完全的失败。他在制作《大明猩》时，还成立了一家名为"Dexter Studios"的电影特效公司。《大明猩》虽然没能得到观众的认可，但却大幅提高了韩国电影界的电脑特效技术。我认为他在制作《大明猩》时学习到的表现手法，在"与神同行"系列的制作过程中爆发了出来。Dexter Studios 不是外包公司，而是金容华导演亲自创立、和职员们一起经营的公司。在《大明猩》中未能实现的梦想，金容华导演和职员们会为此改变想法，重整旗鼓并竭尽全力吗？

虽然有过一次失败，但金容华导演并没有成为继续失败的导演。回顾自己的工作，他决心回到自己最擅长的领域。而且，通过"与神同行"系列电影，他也确实实现了当初那个决心。

比起"如何挑选剧本"，"喜欢和什么样的人一起工作"这种问题似乎对我来说更合适。在演员拿到剧本开始阅读的阶段，编写得很完美的剧本事实上几乎是没有的。剧本总是在演员和工作人员全部确定后，通过他们一起讨论、修改，一点点完善出来的，大概有一半的时间，大家都在考虑如何对剧本做出改变。我现在喜欢和那些能把剧本变得更好、拥有开放的思想和能量，以及能与我分享"深切"的人一起工作。

不光是电影，我在某些选择的岔路上做决定的基础大概还是"人"。我不是单纯地与成功人士或给出惊人条件的人合作，而是会观察他以怎样的心态去拍摄这部电影，以及他的作品具有怎样的意义。

对有些人来说，电影是和妻子、子女、父母一样的家人，是生活的绝对意义。谁也赢不了这样的人，他们一定会有成就的。而且这似乎并不只是我一个人的标准。我认为，即使观众不了解所有背景和幕后故事，只要他们在最大程度上对参与制作了这部电影的人所做出的努力及付出的能量的总和进行分辨和感知，他们最终就会找到自己认为最有趣的那部电影。

所有的答案终究都在人身上。

32 用双腿"绘制"的
意大利美术地图

不像旅游
而更像留学的旅程

2018 年 3 月，我受邀参加意大利的佛罗伦萨韩国电影节。我之前从未去过意大利，因此决定借此机会尽情游玩一番。因此，包括电影节的日程在内，罗马五天四夜，那不勒斯两天一夜，西西里四天三夜，佛罗伦萨八天七夜，我按照城市制订了这样的日程。再顺带加上巴塞罗那五天四夜和伦敦四天三夜，我以仿佛是要去留学学习美术的心情为旅行做着准备。

抵达罗马时已是晚上。我把行李放在住处之后，就先出去逛了，这是为了观察周围哪里有适合步行的地方。我们徒步队的成员们将此称为"maphack"。

所谓"maphack"，原本是指在游戏《星际争霸》中打开完整地图操作游戏，以便找到对自己有利的路线。每当到一个新的城市时，我就用我的双腿去"绘制"这个城市的地图，这项工作对我来说相当重要。在拍摄《柏林》时，我也曾特意请工作人员帮我把住所定在勃兰登堡门旁的普通住宅，而不是酒店。因为勃兰登堡门所在的广场是很适合步行的，在那附近还有适合散步的公园。

我在罗马时也在住所附近的公园、马路、胡同等地进行了徒步探索。这样步行走过一个城市并留心观察，第二天就可以清晰地了解这个城市的重要据点在哪儿。从第三天开始，我即使没有地图也能大略转一转。

我从第二天凌晨 5 点开始正式的旅行。我最先来到住处旁边的纳沃纳广场。纳沃纳广场建造于罗马最早的竞技场遗址之上，是一处拥有美丽喷泉、教堂等设施的旅游景点。绕着这个广场走一圈大概要 1 000 步。

在如此著名的旅游景点，从早到晚都是来自世界各地的游客，人们来来往往络绎不绝。我被人群挤得晕头

我把行李放在住处之后，就先出去逛了。

这是为了观察周围哪里有适合步行的地方。

我们徒步队的成员们将此称为"maphack"。

每当到一个新的城市时，

我就用我的双腿去"绘制"这个城市的地图，

这项工作对我来说相当重要。

转向，不知道我到底是在看人还是在看景点。但是，凌晨时分来景区转转，街上就几乎没有人了。在罗马逗留期间，我主要利用凌晨的时间在各旅游景点散步。在五天四夜的旅程中，有时一个景点我能看四五次，这也是挺特别的。如果是跟团游罗马，通常不都是听到"这里是特莱维喷泉，请大家下车吧！"之后就停留20分钟左右，匆忙逛上一圈再买个意大利冰激凌吃，然后就出发去下个景点了吗？但我会选择在中间穿插着古代遗址和旅游景点的步行路上轻轻地走，慢慢地仔细端详它们。我制订的罗马晨间步行路线是：从万神殿（又名"潘提翁神殿"）开始，转过西班牙广场，游览了特莱维喷泉和为纪念意大利统一50周年而建的维托里奥·埃马努埃莱二世纪念堂后，再返回纳沃纳广场。

据说米开朗琪罗从希腊留学归来后，在看到万神殿巨大的圆顶时感到非常震惊。在当时，建造如此巨大的圆顶被认为是几乎不可能完成的事。建造万神殿的人们把不可能实现的梦变成了现实。"这怎么可能呢？"米开朗琪罗感叹着，琢磨着，在万神殿前一直坐了好几天。

此后，米开朗琪罗被委托去建造圣伯多禄大教堂（又名
"圣彼得大教堂"）。米开朗琪罗被万神殿圆顶那举世
无双的大小和艺术性感染，也给圣伯多禄大教堂创造了
个性鲜明、美轮美奂的圆顶。但是，据说出于米开朗琪
罗对万神殿的敬畏，圣伯多禄大教堂圆顶的尺寸比万神
殿的小一些。

　　这次的意大利之行，对我来说并不是简单的旅游，
而是有一种去留学的感觉。我在意大利时经常边学习边
行走，那些为艺术和建筑献出生命的伟大艺术家惊艳而
感人的故事一直伴随着我。

　　在去梵蒂冈博物馆的前一天，我听导游讲解了美术
史。我听了与文艺复兴时代相连的巴洛克、洛可可等美
术思潮，以及达·芬奇、拉斐尔、米开朗琪罗这三大天
才的生平和作品的详细解说。我一边想着"啊，我听说
过那个画家的名字！""那幅画我好像在哪里看过"，
一边又意识到画画不是嗖嗖地画上两笔就行的，而是要
好好学习，带着激动的心情去面对名作。在走进梵蒂冈
博物馆之前，我还听了关于接下来即将要看到的米开朗

我在罗马时也在住所附近的公园、马路、

胡同等地进行了徒步探索。

我制订的罗马晨间步行路线是：从万神殿开始，转过西班牙广场，游览了特莱维喷泉和维托里奥·埃马努埃莱二世纪念堂后，再返回纳沃纳广场。

意大利的早餐。我在吃完这样的早餐后去行走。

纳沃纳广场是一处建造于罗马最早的竞技场遗址之上的旅游景点。

PORTA·HAEC
CLAVSA·ERIT
EZECH·XLIV·2

per Trinita
ampa Mi

在罗马的西班牙广场。

在特莱维喷泉旁。

傍晚走在纳沃纳广场上。

> 这样步行走过一个城市并留心观察，第二天就可以清晰地了解这个城市的重要据点在哪儿。从第三天开始，我即使没有地图也能大略转一转。

琪罗的《创世记》《最后的审判》的介绍。梵蒂冈博物馆内设有举行教皇选举会议——"秘密会议"（conclave）的小教堂。这正是著名的西斯廷教堂，它的天花板上画有《创世记》，西墙则是《最后的审判》。

亲眼看到这些杰作真的会让人热泪盈眶，感动不已。这到底是怎么画成的呢？《最后的审判》是米开朗琪罗用了6年多的时间，以湿壁画法（Fresco）绘制而成的。湿壁画法是一种先在墙上涂上灰泥，然后在灰泥尚未干透时进行绘画以使颜料渗透其中的绘画方法，这可以大幅提高画作的可保存性，只是过程十分烦琐。因为在湿度大时绘制的颜料会发霉，所以绘

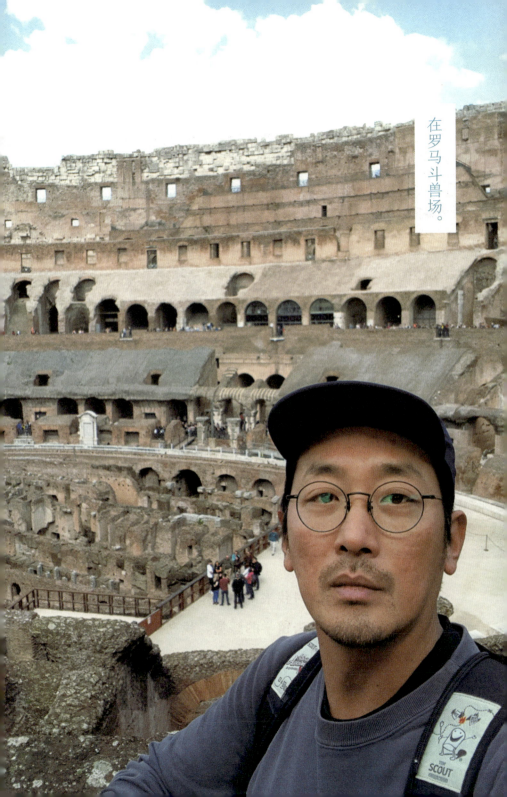

在罗马斗兽场。

这次的意大利之行，对我来说并不是简单
的旅游，而是有一种去留学的感觉。我在
意大利时经常边学习边行走。那些为艺术
和建筑献出生命的伟大艺术家惊艳而感人
的故事一直伴随着我。

制工作有时会因天气而无法继续进行。令我感到震惊的是，米开朗琪罗在那漫长的时间里并没有停止工作，而是坚持完成了它。我似乎有点儿懂得了为什么人们把那个最灿烂辉煌的时期称为"文艺复兴时期"。

如此一来，我感到无地自容。当然，看着这些伟大艺术家的大作而反省自己，这本身或许也是我的另一种傲慢。但在那幅画面前，我总有一种自己变得渺小的感觉，于是我开始反思自己创作并展现给世人的作品。我为什么没能这样去表现呢？在这些画面前，我真切地感受到了那些老话：要么就"不遗余力"，要么就"全力以赴"。

在餐厅里吃晚饭时，我和同行的人各自聊着今天看到的那些艺术作品。我们各自目睹的"文艺复兴"，又从每个人的眼中和嘴上活过来了。

在那不勒斯，我把住所定在了有着悠久历史的鸡蛋城堡（又名奥沃城堡）前，还沿着海边去散了步。去旅行的时候，人们通常都会快速地逛一下主要景点并热衷于拍摄纪念照片，因此没有在记忆中留下有什么深刻印象的地方。我在那不勒斯虽然只是擦肩而过地短暂停留

梵蒂冈博物馆中《创世记》的介绍图。
亲眼看到这些杰作真的会让人热泪盈眶，感动不已。
我似乎有点儿懂得了为什么人们把那个最灿烂辉煌的
时期称为"文艺复兴时期"。

梵蒂冈博物馆中《最后的审判》的介绍图。
《最后的审判》是米开朗琪罗用了6年多的时间,
以湿壁画法绘制而成的。

在那不勒斯白天喝上一杯。

我在那不勒斯虽然只是擦肩而过地短暂停留了一下，但除去长距离的移动，我全程步行，走过后，这座城市反而会更加鲜活地留在我的记忆中。

在意大利的便笺上画的素描。

了一下，但除去长距离的移动，我全程步行，走过后，这座城市反而会更加鲜活地留在我的记忆中。当然，我也拍了照片，但大部分的拍摄时间都是在凌晨，所以只留下了黑漆漆的照片。

在西西里，我最苦恼的是要决定去巴勒莫还是萨沃卡。巴勒莫有马西莫剧院，这里是拍摄《教父3》中著名结尾场景的地方，是拍摄迈克（阿尔·帕西诺饰）和家人一起走出歌剧院时，看到心爱的女儿中枪身亡后呜咽的地方。萨沃卡则有一座圣达露西亚教堂。这里是《教父1》中年轻时的迈克与第一任妻子阿波罗妮亚结婚场景的取景地。我应该去哪里呢？两个地方我都特别想去。但我觉得《教父1》更好看一些，所以我决定下次再去巴勒莫，这次先去萨沃卡。而且，萨沃卡离我下榻的卡塔尼亚更近一些。走进萨沃卡这个寂静的山坡小镇，我首先就能看到维托里酒吧（Bar Vitelli）。迈克对阿波罗妮亚一见钟情，并在阿波罗妮亚父亲经营的这家维托里酒吧里向她求了婚。我在这个地方，坐在阿尔·帕西诺曾停留的桌子前拍下了一张照片。

我还在卡塔尼亚的一家餐馆里和当地人进行了有趣

的对话。坐在餐厅里吃饭，一位阿姨过来问我，我是不是西西里人，因为我的眼睛长得跟她家乡这里的人一样。我闻言环顾四周，发现大家都有着一头黑发、棕色的皮肤和深邃的五官。虽然一方面来说我的外貌确实和他们有相似之处，但从另一方面来讲，我听到的却是"我像当地人一样融入了这里"的称赞，这让我心情很好。

　　无论在世界的哪个地方，我都努力让自己像个实实在在的当地人那样去生活，而不是像个异乡人。至少在西西里，这一行动似乎取得了成功，我对此非常满意。

　　佛罗伦萨是个雅致的城市，但我要看的东西它都有。乌菲齐美术馆在意大利语中意为"政务厅"，它原是美第奇家族办公的地方。美第奇家族对艺术格外关注，积极赞助艺术家，也收藏了很多作品。乌菲齐美术馆展出了美第奇家族收藏的许多杰作。在佛罗伦萨参观乌菲齐美术馆之前，我也听了关于美术史的讲解。我尤其对美第奇家族产生了浓厚的兴趣，所以回到韩国后，我又一一查阅了有关美第奇家族的书和纪录片。

《教父一》的取景地——
意大利萨沃卡的维托里酒吧。
酒吧里挂有电影场景的小相框。

在米开朗琪罗广场上眺望佛罗伦萨全景的时刻，也深深铭刻在了我的心里。看着眼前豁然展开的佛罗伦萨的景色，我再次想起了文艺复兴时期的艺术家们的人生。难道是因为作为艺术家，他们认为自己是上帝的替身，所以他们才能熬过那段艰苦的岁月，最终完成作品吗？而这又是即使过了这么长时间，直到现在他们也依然影响着后代的原因吗？越是想到他们，我就越是时常感到自己的渺小。回过头来看，如果是我，我真的能忍受那段时光吗？

达·芬奇的晚年是在法国的乡村度过的，而且他说最后这三年的时光是自己一生中最平静的岁月。达·芬奇最后的杰作《蒙娜丽莎》不在意大利，而在法国卢浮宫博物馆，这是达·芬奇的最后一幅却直到最后都没能完成的作品。得是经历了多少苦难，他才会将过去那衰老中充满病痛的三年说成生命中最美好的时光啊。民间有传言说达·芬奇是同性恋，如果这是真的，那么他还要藏着这个秘密生活，那该有多么孤独。如果是我，我能这样生活下去吗？奇怪的是，当我陷入这样的苦恼时，

我在这个地方，坐在阿尔·帕西诺曾停留的桌子前拍下了一张照片。

这样的清晨，在佛罗伦萨米开朗琪罗广场。

我突然就很想画画。回到韩国后，我似乎可以带着不同于以往的心情站在画布前了。

我后来辗转来到西班牙巴塞罗那纯粹是因为毕加索博物馆。毕加索博物馆主要收藏了毕加索的早期作品和晚年作品，因此在那里看不到我们熟知的那些大众性作品。如果说我在意大利遇见的美术作品及艺术家们更接近上帝的领域，那么巴塞罗那的毕加索则更为人性化，所以他给我的感觉更亲切、更舒服，我感觉就像是在和一位虚怀若谷、至圣至明的老人会面。

在这次旅行的最后一站——伦敦，我可以看到毕加索表现立体主义的已完成作品。这并不是我事先就知道并安排好的日程，只是刚好泰特现代美术馆在举行毕加索特别展。对我而言，在巴塞罗那和伦敦的行程，是一次集中欣赏毕加索的作品并思考他的人生的旅程。

好的艺术和好的生活，二者能否兼得？我一直在思考这个问题的答案。但是在旅途中看过了毕加索的作品之后，我虽然感到茫然，但又觉得这或许是有可能的。

在意大利停留期间，由于踩在旧石子路上走来
走去的缘故，为了缓解脚底的热度，我每晚都
要用冷水泡脚。

然而，我在让脚"发烧"的意大利
度过的那段时间至今仍历历在目。

在去意大利旅行期间，我真的走了很多路。但奇怪的是，我每晚都会因为一种前所未有的症状而吃苦头。每天一到夜里，我的脚底就会呼呼地传来热气。我虽然走了很多路，但还没走到会对身体产生负担的程度，所以我就在想到底为什么会这样。原来是因为"意大利的路"。意大利有很多还保留着旧石子路样貌的非柏油路，我的脚要承受着地面的凹凸不平，因此非常疲惫。在意大利停留期间，为了缓解脚底的热度，我每晚都要用冷水泡脚。然而，我在让脚"发烧"的意大利度过的那段时间至今仍历历在目。

虽然意大利美术之旅只有短短一个月不到的时间，但是在旅行结束后回到韩国时，我感觉自己又成长了一点点。我想在每个瞬间都竭尽全力地去面对我的工作，我想工作更长时间。当然，这个决心不光针对绘画方面，还要贯穿于演戏、当导演和电影制作之中。

在结束了意大利美术之旅回到韩国时，

我感觉自己又成长了一点点。

我想每个瞬间都竭尽全力地去面对我的工作，

我想工作更长时间。

当然，

这个决心不光针对绘画方面，

还要贯穿于演戏、当导演和电影制作之中。

33 一位叫作低迷的老师

送给走在
演艺之路上的人们

　　在一个可以找到自己喜欢之事的氛围中成长，对于一个人的生活是非常重要的。大部分孩子在十几岁的时候一直接受着统一的教育，在成绩引起的压迫感中学习，直到大学入学前夕才被大人们问及自己想做什么。不管怎么想，提问的时机都已经晚了。如果你近 20 年来只接受被动的教育，有一天人们突然让你去寻找自己真正的梦想，你难道不会感到无所适从吗？

　　如果这时你周围出现例如"既然你喜欢读书，那就去当作家吧""你长得英俊帅气，所以去试试当演员吧"

之类的简单提议，这自然会令人心动。然后你因为不太了解自己，所以听从了周围人的话，根据这些话决定了自己的梦想。以这样的方式开始的职业道路如果是适合你自己的，并且你拥有巨大的发展潜力，那你就相当幸运了。但更有可能的情况是，根据别人的话来选定前进的方向后，你就会经历彷徨的时期。

朋友们都已经找到了自己想做的事，走在了前面，自己却因走上了一条缓慢又艰难的路而落后了这么多，现在该怎么办，你心里焦急又不安。像这样还有漫漫长路要走的年轻人跌倒和受挫，往往都是在毫无准备地陷入这种状况的时候。

周围如果有外貌出众、人见人爱的小孩，人们就会这样称赞他。

"哇，你都可以当演员了！"

长得帅就能当演员，这种因果关系看似有些道理，但事实上却有点儿奇怪。人们会把歌唱得好当成做歌手的起点，但演员却有所不同。试想一下，一个人因为长得太帅，所以在某些人的劝说下走上了当演员这条路。

他如果运气好，拍一两部作品可能就火起来了。（然而这几乎是不可能的。看起来好像很火的人，也是付出了能让这一两部作品火起来的努力的。）但如果他完全没有学习过表演，他就一定只会得到导演和观众的冷静评价。

很多梦想成为演员的人都想立马就能通过电视荧屏或大银幕华丽地出道，但我建议他们一定要先在话剧舞台体验一下。在话剧中，观众会注视演员的全身，面对演员表演的舞台全景。在从整体上俯瞰演员和舞台的观众面前，演员连一个指头也不能随便玩儿。

普通人在拍摄单人照时，往往在镜头前表情僵硬，变得很尴尬。即使他通过练习让表情变得自然了，但有时他的站姿看起来也很奇怪。这是由于肩膀和背部过于僵硬，或是不太确定手的位置和站立的姿势。运用和调动整个身体并不是想象中那么容易的事情。在话剧舞台上，静静站立的姿势或走路的样子等，都要经过演员不断地练习，以便自然地展现给观众。学习表演就是从这么琐碎和理所当然的事情开始的。

经历话剧舞台，对演员的心态调节也会有帮助。话

剧是不允许 NG[1]的现场表演，演员的 NG 就意味着那天
舞台的失败。在这个暴露无遗的舞台上是不能耍小聪明
的。每天演出结束时，演员都会面对来自队友的评价和
观众的反应。演员每次站在舞台上，都会发现自己现在
缺少的东西，凝视着每天对自己的一点点失望，以及需
要填补的巨大漏洞。如果演得不好就归咎于自己的才
能，然后陷入低谷。尽管如此，对话剧舞台来说，一个
演员跌倒的话是无法立马找到另一个可替代他的演员的。
无论是低谷还是忧郁，他都必须克服个人的情绪，继续
登上舞台。若是重复这样的过程，那当然会对演艺活动
的进行有所助益——减少在低谷中挣扎的时间，加快向
下一步前进。

但是，在毫无准备的状态下走上演员之路会怎样
呢？踩在自己脚下的根基非常脆弱，人们的一句话就会
让你受到伤害，瑟瑟发抖。在获得超高人气之后，反而
容易陷入更深的低谷，因为你对于接下来要朝哪里发

---

① NG 的全称是 not good，即不好，让演员再来一次。——编者注

展，应该要成为怎样的演员，都没有明确的计划。不是根据自己的想法，而是根据周围人的劝告才决定了个人发展的方向的，因此接了不适合自己的作品或活动而感到后悔不已的情况会反复出现。如果生活的主导权不在自己手中，你的人生就随时会变得岌岌可危。

我总会想起在一次饭局中遇到的一位年轻朋友。喝了点儿酒后，他露出一副不知所措的空虚表情。虽然我不能完全了解他的烦恼和痛苦，但我能感觉出作为艺人出道后生活突然改变的他似乎正在经历着艰难的时光。

演员的生活真的很不平凡。物理时间变得完全不足，支撑着自己的日常生活逐渐消失，这种经历不是靠意志就能简单克服的。以前可以随意走的路，所有平和地对待我并与我毫无顾忌地相处的人，像自己家一样出入的店铺和地点，这些全部都会改变。一切都变得那么不自在和尴尬，我不知该何去何从。在这样的情况下，软弱的我能做些什么呢？一直以来的生活格局瞬间被颠覆，这种经历终究不是一个人就能够克服的。人们通常都认为，个人的意志和努力能克服任何事情，但克服不了的事情也很多。

人们常说要不忘初心，但这绝非易事。时光不断流逝，我周围的情况不断变化，我如何能够原原本本地记住并珍藏好这份最初的心意呢？这似乎不是靠意志就能办成的事。

演员在演艺生涯中时常会遇到低谷。所以演员要去适应低谷期。在经历了多次的反复尝试、跌跌撞撞和挫折的日子里，我们不应该垮下。哪怕很多低谷是我们在一年前经历的，它们也不是失败，而是经验。随着年龄的增长，这些低谷会让我更加摇摇欲坠，重新振作起来所需的时间更长。当我还有力气坚持和学习时，我所遇到的低谷不是失败，而是如何让我变得更加熟练。

马上到现场开始工作，比别人更快地取得巨大成就，这些并不重要，重要的是有充分的磨砺时间。对我来说，只有当一个叫低谷的家伙来访时，磨砺时间才会变成黄金时间。

虽然我们每个人经历低谷的时期和形式都各不相同，但低谷总会降临到我们身上。所谓的低谷并不是突然降临在谁身上的灾难，而是如同日出投射出的影子一般，只是人生的另一面。

名为"低谷"的老师会在我一生的时间中不断来找我，因此我想和这位老师好好相处。对我来说，低谷不是人生道路上的障碍，而是让我变得谦逊的老师。

除了能早早就和好朋友站在话剧舞台上练习当演员，还有一件让我很感激的事——我从小就能和演员住在一起。

从很久以前开始，在我们家，打开电视，电视屏幕上就会出现我父亲。和父亲一起去亲戚家，或者和大人们见面时，我可以看到父亲是怎么对待他人的，以及他人又是怎么对待我父亲的。关于演员的生活是什么样的，我从小就很自然地看着，学习着，耳濡目染地长大。所以当我成为演员时，我对我的生活并不感到慌张，对无论走到哪里都会有人认出我的这种情况也并不感到陌生。我的家人和亲戚们也都是看着我父亲一路走来的，所以当我成为演员时，他们并不觉得奇怪。对我们来说，这一切都是很自然的事。

据说，在森林中长大的树苗与被移植到城市中心的绿化树苗不同，森林中的它们长得更坚实，活得更长久。高大的成年树木可以适当地替它们遮挡炽热的阳光，它们因此学会了茁壮成长的方法。树木聚在一起会互相分享营养，共同成长。这样一来，树木就成了森林这一共同体中的一员，小树在里面不会被气候的变化左右，能继续向下扎根。

不仅是父亲，和我认识很久并一起共事的所有人对我而言都如同森林。拥有一片在阳光太烈或风力太强时可以走进去的森林，这或许不仅是对演员，也是对所有生命来说必不可少的事情。

34 我遇见的
努力大师们

思考努力
的密度

　　我认为我一直以来都在以自己的方式努力地生活着，但我也曾感到这还远远不够。去意大利旅行，看到米开朗琪罗画在西斯廷教堂天花板上的那幅《创世记》的时候，强烈的感动涌上心头之后，我感受到的是羞愧。米开朗琪罗说，为了画这幅天顶画，有许多年他每天都要仰头工作，后来因为颈椎扭伤而终生与伤痛为伴。由于强行进行过度的工作，加上时刻都盯着颜料，他最后几乎失明。站在这似乎只应天上有的艺术品——米开朗琪罗的画作之下，我肃然起敬，感受到了渺小的人类为触及那神圣的苍穹所承受的痛苦和付出。

我也从生活在同一时代的优秀电影人的身上学习到了努力和基本功的重要性。在拍摄朴赞郁导演的《小姐》时，我近距离地看到了巨匠身上的缜密。朴赞郁是一位非常努力的导演，同时也是一位努力"密度"不同于他人的艺术家。我意识到，他的严谨并非因为他细心敏感的脾性，而是因为他对待电影的态度就与他人完全不同。

例如，电影《小姐》的制作完成花费了7年的时间。朴赞郁导演读了萨拉·沃特斯的小说《荆棘之城》，为了使它影视化，他努力改编剧本并最终完成了电影的拍摄和制作。但是在读了自己如此辛苦完成的剧本后，他得出了这样的结论："现在还不是时候。"

他认为剧本的完成度还达不到自己的标准。于是他先去美国拍了电影《斯托克》，回来后从原点开始重新改编《小姐》的剧本。

我在确定出演《小姐》后读了该剧本，我发现我所饰演的伯爵的台词中几乎70%都是日语。日语台词分量多的角色不只是我一个人。但奇怪的是，剧本中连一个韩语音标都没有。朴赞郁导演的要求是，在消化日语台词时不能像金鱼一样只根据韩语的发音去读，而是应该事先学习平假名和片假名，了解每一个单词的发音及如何连读。朴赞郁导演就是这样对演员的要求事项都完全不同于他人的电影人。

于是我立马就开始学习日语。在开机前的 4 个月里，我上了每周 4 次、一次 2 个小时的日语课程。日语课程是在制作公司进行的，公司墙上还贴有演员们的名字和进度表。而且每次课程结束后，演员们都要把自己的学习进度报告给导演。为了能像真正的日本人一样去发音，演员们每天说日语、看日文，一个音一个音地努力练习着。

光是剧本阅读就进行了 30 多次。这一点也能让人感受到朴赞郁导演的细致之处。为了评估演员的日语发音和语调是否自然，朴赞郁导演还在剧本阅读时找来了日本人陪同观看，但他找的日本人不止一个。语言会因个人的习惯、出生地、性别及年龄的不同而有细微的差别。因此，如果只请一个人来评价，结果可能会倾向于这个人的语言习惯。朴赞郁导演考虑到性别、年龄、职业等变数，请来了日本男演员、日本女演员、在日韩侨、教授等共 6 名日本人，请他们听完各位演员的日语台词后一一进行评论。之后再将每位日本人各自观察和评估的内容编写成 6 份报告，并根据报告重新决定教学内容。

朴赞郁导演对发音的完美主义并不只针对外语台词，他甚至能分辨出韩文中的长音和短音。演员连这部分都要检查好再去对台词。对于电影里的背景音乐，他也都会提前把引导音乐发给演员，让他们从头到尾听。另外，他还会向演员们赠送与电影美术风格相似的画集，并事先预告说，"我们的布景将会被设置成类似这种氛围和色调的空间"。

如果出现音响的状态有所下降、演员的发音不准确或声音有遗漏的部分等情况，是需要重新录音的，在这种后期录音的工作上，朴赞郁导演的态度也很不同。一般来说，后期录音只需两三天的时间，但《小姐》的后期录音持续了约两周。没有一句台词是马马虎虎就糊弄过去了的，每一句台词的录音都是地毯式地、像做针线活一样地完成的。

一想起"努力"这个词，人们通常都会想到要花费尽可能多的时间和资源，从中取得最好的结果。但努力可以从正确认识其方向和方法开始，扩展到其他层面。朴赞郁导演是懂得努力的方向和方法的导演，他通过提高努力的密度，在所有作品中都刻上了属于他自己的印章。在《小姐》的剧本阅读现场，我确实每次都带着一种在参加考试的心情，也承受了巨大的压力。但回过头来看，通过这个过程，我不仅提高了自己的日语能力，还增加了努力的密度。

演员是一种被选择的职业。再怎么努力也不能被导演和观众选择的话，那这位演员就不能去拍电影了。因此，新人演员在得到这个选择之前，需要等待很长时间。演员在这段时间里似乎什么都做不了，与其说"这条路难道不是我该走的路"，不如说怀疑和自虐的时间也会随之而来。之后获得了千载难逢的试镜机会时，如果他为此做好了万全的准备，一旦落选，他的挫败感就会更大。因为与苦苦等待的岁月相比，试镜的时间实在是太短了。

每当后辈们吐露这样的苦恼时，我都很心痛。我当然也有过这样的时光。因为没有固定的行程安排，也没有可以表演的舞台，所以早上起来自然就无事可做。没有要见面的人，也没有约会。更残酷的是，不知何时才能结束这些日子。那时正是陷入无力和忧郁池沼的季节。

那时我首先想到的是努力运动。有些人第一次与你见面时，你就能感觉到他们身上的能量。他们的身体充满活力，表情也很生动。对演员来说，第一印象比什么都重要。如果说试镜是导演等人在如闪电般的刹那间做出决定，那么我无论如何都想抓住这一刹那。试镜是三分钟之内定胜负的残酷竞争，但我相信，宝石在如此短的时间内也会发光。为了让我的身体时刻保持在充满活力和能量的状态，我认为运动是必需的。所以，在那个迷茫的时节，光健身房我就去了三家。一家是朋友的父亲开的，可以免费使用；另外一家是汉南洞一个便宜的地方，所以我就赶紧注册了；第三家是设施很好的江南健身房，我以70万韩元的价格买到了别人转让的会员券，随时都可以去。任谁看来，我都像是在准备拍摄巨制动作片的演员一样，拼命地运动，但事实上当时的我并没有什么事情可做。"没什么事的话就别要死不活的，出去走走吧。"这是我唯一的生活信条。

　　运动之余，我就给朋友打电话，搜集和分享试镜的信息。电影也要继续看。对演员来说，看电影也是一种学习，所以我每天会紧着看三四部电影，有时还会重复看同一部电影。看了上百遍之后，我都能把内容背下来了，走在路上的时候，等某人的时候，一个人待着的时候，我会反复回味那些场面。我每周还要选出几天开始学习英语和钢琴。因为不知道什么时候会出演什么角色，所以任何事情只要做好准备，以后就都会有所助益。

晚上回家之前，我一边沿着汉江散步，一边整理着白天做过的事。那时候，我平均每天都要走大概 6 个小时，我会边走边整理散乱的心绪。演员分明是接受选择的职业，但我相信我可以靠自己的双腿走到这个可以被选择的舞台上。

"我正竭尽全力地努力着。"

处在危机和绝望之中时，很多人都会这么说。但有时我会怀疑自己所谓"竭尽全力地努力"可能并不是尽了全力。试想一下，在不知道该如何改变现状的情况下，一味忍受着艰难的时光，会不会让人产生"努力"的错觉呢？

我不知道这个比喻恰不恰当：一个人在树下等着柿子掉下来的情况出乎意料地多。他张大嘴巴，一动不动地等着柿子掉下来，导致下巴疼，浑身发麻。期待已久的柿子可能并没有要掉落的迹象，从树上爬下来的各种

虫子却像是在故意找碴儿似的爬到了他身上。他觉得很
痒，当然，也很痛苦。你不能说他没有努力，他忍受着
巨大的痛苦，也确实多少做出了点儿努力。但还有其他
的方法，例如爬到树上砍断树枝，或是用力晃动树干，
抑或是到村里取来长杆儿打柿子，在那段等待的时间
中，他还可以尝试这些事情。

　　你不能因为正在受苦就错以为自己在努力。应该随
时环顾周围，注意自己是否在不是车站的地方等着无法
到来的公交车。

　　人生在世，我无数次地认识到，迄今为止我所做出
的努力并不是什么了不起的事。在真正竭尽全力的那一
瞬间，我也必定会体验到"全力"变渺小的经历。我期
待着新的一天，期待着我与那些以超高强度和密度做出
不同层次努力的人相遇的那一天。

　　工作和作品都是正直的。就像随着身体的行动踏踏
实实地向前走一样，工作和作品也绝不会"耍无赖"。

　　我相信它们的正直性。

35 为行走的人们
祈祷

为人的条件

　　一次途经京釜高速公路时，我看到了这样的一句话。

　　"还可以祈祷啊，你为什么要担心呢？"

　　那段时间，我多次往返于这条路上，这句话我原本应该看过好几遍了。但某一天，它却突然映入眼帘，留在了我的心里。我想，没错儿，在生活中不管我遇到怎样的考验，只要我能祈祷，这就足够了。

　　我是基督教徒。我会在每个星期天的早晨去教堂祈祷，睡觉前祈祷，去片场前祈祷，在每个遇见人们的瞬间及回来后祈祷。对我来说，祈祷就像吃饭、呼吸、走路一样稀松平常。然而，即使信仰其他宗教，或者干脆没有宗教信仰，祈祷也是谁都可以做的事。

有时回想起我过去的生活，我就会蓦地感到害怕。我真的不算什么，是怎样的力量带着我无碍地走到了今天呢？对名字前面的修饰语有多感谢，我有时就会有多害怕。我会想，这段时间我好像只是运气好，但是以后也能这样吗……

当然，这并不是虚度光阴。为了在某一天成为好演员，成为好人，我一直在不遗余力地生活。然而，我渐渐明白了，有时这种努力并不会带来完美的结果。我们是如此微不足道。一路走来，这样微不足道的我遇到了很多人，也经历了很多偶然。在那千丝万缕的关系中，我的努力是极个别的，也不是决定性的，于此我不再感到惊讶。有时，我误以为有些好的结果源于我的努力，也是对我的努力的回报，但现在我明白了，我微弱的力量能波及的范围小之又小。

在意识到这一事实的同时，我开始有意识地、更

加努力地祈祷。我想去回首，想变得谦逊，也想变得
更坦率。一个人即使不相信上帝，但如果他经历过对
生活产生巨大影响的偶然或意想不到的变数等来自外
部的绝对力量，他也许就能懂得我的心。当我意识到
自己什么都不是时，我发现自己剩下的只有尽全力生
活和祈祷。

　　过去的某些时间，我只祈祷自己能在片场和大家开
心地交谈，以激动的心情工作。这都源于我的墨守成规。
比起做得好和成功，更为迫切的是每天能在拍摄现场感
受到幸福，感受到投入的喜悦。我也曾经为与电影制作
相关的某人而祈祷，因为我知道了他之前认真准备的事
情没能得到解决，并因此度过了非常艰难的时期。所
以，他把所有的精力都用在了正在筹备的项目上，这让
我感受到了他的紧迫感。一次，我和他一起吃了午饭，
在道别后回来的路上，我心里祈祷着：请务必让他的工
作顺利得到解决，有个好的结果。

　　但是从某一天开始，我祈祷的内容有了些许变化。
最近我在祈祷时不再列举我的愿望了，我只祈祷能让

自己的双腿拥有力量，让我能够坚定地走在上帝交予我的路上。

　　生活就是活下去。健康、努力地走下去，也许就是我们在生活中能够做到的全部。无论我们多么苦恼、多么困惑，人类能做到的事分明是有限的。奇怪的是，这样祈祷之后，我的心情变得更加平静了。我能更大胆地去做任何事情。无论我如何挣扎，总有一些事情是我无法做到的，这显而易见的事实带给我一种鲁莽，而不是放弃或死心。我只是在上帝赐予我的路上勤奋地走下去。

　　人生在世，没有不会遇上不幸的人。我也是一样。人生也许就是一场看谁能够尽快摆脱任何人都会经历到的不幸和痛苦的斗争。每个人都会遭遇事故，经历痛苦，受到伤害，感到悲伤，这些事情比想象中更经常地打击着我们。而且，如果长期停留在那样的状态之中，就会陷入"不是某件事或者某个人毁了我，而是我把我自己毁了"的想法。说到底，能多快地从这片泥沼里逃脱出来，什么时候才会没事，能不能恢复，这恐怕都是人生的课题。我相信，无论在什么情况下，

坚持走路、自己做饭吃之类的日常琐事都会把我从这
片沼泽里捞出来。

　　对被给予的才能表示谦虚，对取得的成就表示
感恩。

　　一边走路，一边吃饭，一边祈祷，我下定了决心。

　　在藏语中，"人"意为"行走的存在"或"边走边
彷徨的存在"。我祈祷，我以后也会是继续前进的人，
是在任何情况下都不会放弃并能更进一步的人。

在藏语中，"人"意为"行走的存在"或"边走边彷徨的存在"。我祈祷，我以后也会是继续前进的人，是在任何情况下都不会放弃并能更进一步的人。

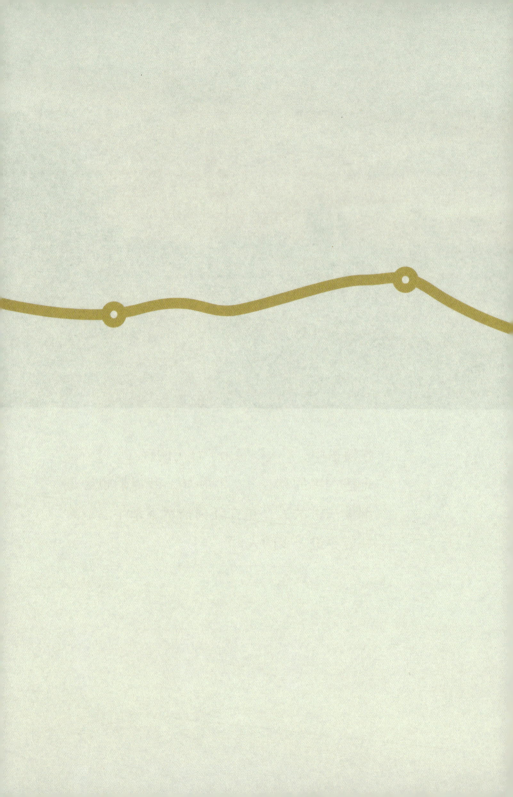

特 / 别 / 感 / 谢

昆西·琼斯

斯科蒂·皮蓬

雷·查尔斯

大卫·罗宾逊

史提夫·汪达

哈基姆·奥拉朱旺

迈克尔·杰克逊

詹姆斯·哈登

惠特尼·休斯顿

科比·布莱恩特

纳斯（NARS）

罗伯特·德尼罗

坎耶·维斯特

阿尔·帕西诺

勒布朗·詹姆斯

科恩兄弟

迈克尔·乔丹

弗朗西斯·福特·科波拉

马丁·斯科塞斯

伯纳德·巴菲特

马修·麦康纳

基斯·哈林

伍迪·哈里森

沙奎尔·奥尼尔

伍迪·艾伦

小野丽莎

秋信守

斯坦·盖茨

伊迪丝·琵雅芙

尼古拉斯·凯奇

巴勃罗·毕加索

德瑞博士（Dr.Dre）

杰克逊·波洛克

艾米·怀恩豪斯

让·米歇尔·巴斯奎特

查理·卓别林